ラルーナ文庫

いじわる狐とハートの猫又

野原 滋

三交社

CONTENTS

Illustration

山田シロ

いじわる狐とハートの猫又

本作品はフィクションです。
実際の人物・団体・事件などにはいっさい関係ありません。

ピチュ、ピチチと、屋根の上で鳥が鳴いている。

つむぎは空を仰ぎ、それからヒョイ、と上に飛んだ。

平屋の屋根はそれほど高くもなく、だけど一足では飛び乗れない。一旦ひさしに手をかけ、そこからもう一度身体《からだ》を飛ばし、屋根の上に着地した。

俊敏に動く身体は細く、パッと見は少年の姿だ。ふわふわの猫っ毛と、大きな目。瞳《ひとみ》は濃い緑色をしていて、光の加減によっては金色になる。それ以外はこぢんまりとした造りの顔貌《がんぼう》だ。つんと上に向いた小さな鼻とぽってりとした唇に、よく動く大きな猫目が、つむぎの気の強い性格をそのまま表している。

空は晴れ渡っており、雲一つない青空が広がっていた。つむぎが来たのに驚いて、屋根にいた鳥が飛び立った。ピチピチという鳴き声が、すぐに遠くなっていく。

トントンと、軽い足取りで屋根の上を歩き、見当をつけた場所まで行った。案の定、瓦《かわら》が一枚ずれている。

綺麗《きれい》に波状に並んでいるはずが、風のせいなのか、雨に押されたのか、一枚大きく位置がずれている瓦があった。下にある板が剝《む》き出しになっている。

「ああ、やっぱりこれか。雨漏りの原因は」

何日も雨が降り続き、家の中にも滴が落ちてきた。皿やバケツで受けていたけれど、雨が止《や》んだ今日になっても、家の中はまだ雨降りだった。その原因を探そうと、つむぎは屋根に上ってきたのだ。

しゃがみこみ、ずれた瓦を元の位置に戻してやる。単に屋根の上に上るだけなら、本来の姿――猫のままのほうが動きやすいが、こうやって手を使っての作業は難しい。

人間の形を取り行動することにも、だいぶ慣れてきたつむぎだ。耳と尻尾《しっぽ》を隠し、つるつるの肌で身体を覆い、人間の恰好《かっこう》を真似《まね》て服も着ている。センサーの役割を果たす髭《ひげ》を仕舞ったまま二本足で歩くのは、最初は苦労したが、今ではそれもなんなくできる。

「これでよし」

屋根の修理を終えたつむぎは、その場で立ち上がり、辺りを見回した。

つむぎの住むこの家以外、近くに建物はなく、すぐ後ろには山が迫っていた。遠くにある平らな土地に、集落が見える。道路に沿って隙間《すきま》なく並んでいる建物は、土と木で建てられたつむぎの家とは違い、もっと丈夫な材料を使っていて、色も鮮やかだ。

つい最近まで木と土と草だけだった野原は、いつの間にか道ができ、その道に沿って家が建ち始めた。人が住み、車が行き来するようになる。

そうやって道と家がどんどん増え、町が広がっていく。

人間の社会では、バブルというものがやってきているらしい。バブルが何かは、つむぎは理解していないが、そのバブルというものを利用して、今まで人間が足を踏み入れなかった土地にまで、縄張りを広げようとしている。

今も土砂を積んだダンプカーが何台も道を行き来していた。トンカントンカンと、新しい家を建てる音が風に乗って聞こえてくる。町を広げる作業は今日も繰り返され、つむぎがいるここまで、それが迫ってくるようだ。

「この家は渡さないからな」

走っている車を屋根の上から見下ろし、つむぎは宣言した。

「絶対に壊したりなんかさせない」

握り拳《こぶし》を作り、振り上げながら大きな声で叫ぶが、トラックにはつむぎの声は届かず、のんびりと道を走っていった。

トラックが見えなくなると、つむぎはもう一度屋根を点検しようと、その上を歩いた。他にずれている瓦は見つからず、だけど、あちこちに枯葉や土の塊が積もっている。ビニールや紙ごみなんかも飛ばされてきたらしく、丁寧にそれらを拾い、土埃《つちぼこり》を手で払った。

長い間住んでいる家は老朽化が激しく、雨漏り以外にも不具合が多く出ていた。扉はピッタリと閉まらず、隙間風がいつでも入ってくるし、畳もふかふかで、歩くとベッコリと沈む場所もあり、板間も割れたり穴が空いたりしている。

板の隙間には小枝や草を詰め込んで塞《ふさ》ぎ、沈みの激しい畳の上は、なるべく歩かないようにしている。そうやって応急処置をしながら、つむぎは長い間、この家に住み続けているのだ。

ゴミを拾いながら屋根を歩いていると、てっぺんにタンポポが咲いていた。風に運ばれてきた土が積もり、やはり風が運んできた種がそこで芽を出し、花を咲かせたらしい。

黄色い花が屋根の上でそよそよと揺れている。

その場にしゃがみこみ、ツンツンと黄色い花びらを突いたりして遊んだ後、つむぎはそれを摘《つ》み取った。庭にある墓に、これを供えてあげようと思ったのだ。

仔猫《こねこ》のつむぎを拾ってくれたのは、山に山菜を摘みに入った旦那《だんな》さんだった。つむぎをこの家に連れて帰り、奥さんはつむぎを洗い、餌《えさ》と『つむぎ』という名をくれた。それからずっと、つむぎはここにいる。旦那さんと奥さんとの思い出の家を、二人がいなくなった今も、ずっと守っているのだ。

「奥さんは花が好きだったからね。喜ぶと思うんだ」

タンポポを持って、つむぎは屋根からヒラリと飛び下りた。

古い日本家屋には小さな庭がついていて、平らな石が建ててある墓の横に、デコボコの大岩がドンと置いてある。

形の綺麗なほうは、病気で亡くなった奥さんのために、旦那さんが建てた墓だ。そして横にある不恰好な墓は、つむぎが旦那さんのために建てたものだった。草ボーボーの庭の中、二人の墓の周りだけは綺麗に草が摘まれている。

旦那さんが庭で倒れた時、つむぎはまだ力のない猫だった。鳴いても噛《か》んでも旦那さんはそこから動かず、どうすることもできなくて、ただ旦那さんの側《そば》にいるしかなかった。

やがて倒れていた旦那さんの姿が変わり、形がなくなり、骨になる。それからまただいぶ時が流れ、つむぎの姿も変わっていった。

尾が割れて、二本足で立てるようになり、人間の姿を真似ることができるようになる。気がつけば、つむぎは猫又になっていた。

人間のように手を使うことができるようになったつむぎは、庭に散らばってしまった旦那さんの骨を集め、奥さんの墓の横にそれを埋め、大岩を運んできて、墓を作った。

庭にある二人の墓の前に立ち、摘んできたタンポポを供えようとしたら、黄色かったタンポポの花が、いつのまにか茶色く萎《しお》れていた。

「あれ……？　タンポポってこんなにすぐに枯れちゃうの？」

ついさっきまでは元気よく咲いていたのにと首を傾《かし》げ、仕方がないので拾ってきたゴミと一緒に庭の隅にそれを捨てた。茎を折らずに土ごと持ってきて植えてあげればよかったと後悔するが、もう遅い。タンポポは枯れてしまった。

「奥さん、喜ぶと思ったのにな……」

奥さんが生きていた頃は、この庭は花でいっぱいだった。墓の反対側の庭の隅には梅の木があって、奥さんが梅の実を干したり漬けたりしていた。その梅の木も今は実をつけず、だいぶ前から花も咲かせなくなった。

梅の木の下には手作りの小さな池もあったのだが、跡形もなくなっている。

今度また綺麗な花を見つけたら、土ごと運んできて供えてやろうと思い、つむぎは墓周りに生えていた雑草を摘まみ、綺麗にしてから庭の見える縁側に座った。

山を背にした小さな一軒家は、人間の住む町からも遠く、静かだ。

つむぎ一人になった家には、時々人がやってきて、そのたびにつむぎは彼らを追い返した。建物を見回している後ろから静かに歩み寄り、急に飛びかかったり、姿を隠して怖い声を出してみたり、素早く足元を走り抜け、転ばせたりして、彼らを怖がらせ、追い返すことを繰り返しているのだ。

「天気がいいな。これなら雨漏りはもうしない」

長く続いていた雨の季節もそろそろ終わり、これからはつむぎの苦手な暑い季節がやってくる。今日の陽射しはまだそれほど強くもなく、ぽかぽかと気持ちいい。これぐらいの季節がずっと続けばいいのにと思いながら、縁側の上でゴロンと横になる。

さっき逃げていった鳥が戻ってきたようで、また頭上でピチピチと鳴き始めた。ずっと遠くのほうでは、ごぅん、ごぅん、と機械が回っている音がする。トンカントンカンと、家を建てている音も一緒に聞こえてきた。

遠くの音を聞いているうちに、だんだんと眠くなってくる。

また土を掘って道を作っているのか。新しい家を建て、町を広げようとしているのか。人間が何をしているのかは分からないが、ここは絶対に明け渡さないぞと思いながら、いつしかつむぎは眠りに落ちていた。

規則正しく響く音が、夢の中でも聞こえてくる。

ゴロゴロと喉を鳴らし、つむぎは旦那さんの膝《ひざ》の上で丸くなっていた。とん、とん、と旦那さんの手がつむぎの身体を優しく叩《たた》いている。手の動きが止まると、腹の中に収めていた顔を上げ、手を止めるなと催促をする。そうすると、旦那さんがまたつむぎの背中を叩いてくれるのだ。

――甘えっ子だね。男の子なのに。

笑いを含んだ声に、なーぉと答え、グルグルと喉《のど》を鳴らし、また丸くなる。

旦那さんの掌《てのひら》は心地好く、さらさら、とんとん、とつむぎの背中を叩く。いい子だ、いい子だという声を聞きながら、夢の中なのに、さらに深い眠りへと入っていった。

猫のつむぎは白地に黒の斑点《はんてん》模様のはちわれだ。髪の毛を真ん中から分けたようなこの模様が可愛《かわい》いと奥さんは言い、旦那さんは男前だねと褒めてくれる。

夫婦の間に子どもは生まれず、だから拾ってきたつむぎを自分たちの息子のように可愛がってくれた。温かい寝床や美味《おい》しいご飯を与えてくれ、つむぎの好きな時に、いつでも膝の上や布団の中に入れてくれた。

二人の愛情が伝わってきて、だからつむぎも精一杯言うことを聞いた。時々は悪戯《いたずら》をして叱《しか》られたりもしたけれど、やってはいけないよと言われたことは、次には絶対にしなかった。

――頭のいい子だね。こんなに賢い猫は見たことない。

畑仕事や食事の支度が手伝えない代わりに、鼠《ねずみ》や虫を駆除して、みんなで住む家を守ってきた。そのたびに、二人には盛大に褒めてもらえ、つむぎは満足し、もっと夫婦の役に立とうと懸命に働いた。

みんなで過ごした家の縁側で、つむぎは丸くなり、ご主人さまに撫《な》でられる。いい子だ、賢いという声を聞きながら、もっと触ってと催促する。尻尾の付け根を叩かれるのが、つむぎは大好きなのだ。

――長い尻尾が美しいな。

うなじから背中、それから尻尾の先まで優しい手つきで撫でられ、つむぎは背中を反らし、顎《あご》を上げた。

――甘えん坊なのだな。どら、もっと撫でてやろう。

低い声が嬉《うれ》しそうにそう言って、指の背で顎の下を撫でている。

――真っ白で美しいな。お前こそ、極上の毛皮の持ち主だ。

優しい声で、つむぎを褒める。

――きっと、……きっと、迎えにいく。だから待っていてくれ……。

次には切実な声が聞こえ、砕けそうなほどの強い力で抱きしめられ、つむぎも一生懸命頷《うなず》いた。

抱きしめられた身体が苦しく、それ以上に胸が痛い。心臓が潰《つぶ》れそうで、その痛みにつむぎははらはらと涙を零《こぼ》した。

――どんな場所にいようと、どれほど時がかかろうと、私はお前を見つけてみせる。だから待っていろ。必ず迎えにいくから。

絶対に。絶対に。待っているから。だから探して。おれを探して。それまで絶対に消えずにいるから。

ピチチ、ピチュ、という鳥の声に、つむぎは目を覚ました。

縁側を照らしていた陽射しはとっくになくなっていて、身体が冷えている。

「……あれ、寝ちゃってた」

遠くで聞こえていた町の音も消えていた。縁側で日向《ひなた》ぼっこをしながら寝ているうちに、夜になっていたみたいだ。

縁側の上で、ぐぅー、と伸びをする。両手両足を床につき、背中を伸ばしながら尻《しり》を上げたら、穿《は》いていたズボンがずり下がり、ぴょこんと尻尾が飛び出てしまう。

「あ、出ちゃった」

いつもはきっちり隠してあるのだが、寝ぼけて油断してしまった。あ、と思い、頭に手を当てると、ここからも出したらいけないものが出てしまっていた。三角の耳がピンと立っている。

「まだまだ修行が足りないな」

驚いたり怒ったり、今のように油断した時など、不意に尻尾や耳が飛び出してしまうのだ。猫又としてのつむぎは、まだまだひよっこだ。

「それにしても、途中から変な夢になっちゃったな」

在りし日のここでの生活のことが夢に出て、幸せな気分で寝ていたのに、途中から夢の様子が変わっていた。

旦那さんの膝の上で寛《くつろ》いでいたはずが、目が覚める直前には心臓が潰れるほどの痛みを感じ、悲しくて辛《つら》くて、つむぎは夢の中で泣いていた。

「おれ、ぶちなんだよな。だいたい、おれの尻尾、全然長くなんかないし」

夢の中で背中を撫でられ、真っ白な毛皮を極上だと言われ、長い尻尾が美しいと褒められたが、実際はそうではない。

ズボンの腰から飛び出した尻尾を確かめる。そこに生えているのは、大きく二つに割れた、短い尻尾だった。

普通の猫の時からつむぎは尻尾が短く、猫又になってから尾が割れた。元々短かったものだから、根元から割れたそれは扇状に広がっていて、ハートのようになっている。

長く美しい尻尾に憧《あこが》れていたから、そんな夢を見たんだろうか。

「それに、あの会話はなんだろう……？」

必ず迎えにいくからと、抱きしめられながら言われた。低い声は聞き覚えがあるような気もしたが、全然思い出せない。つむぎを拾ってくれた旦那さんの声でもなかったし、あの頃夫婦と付き合いのあった人たちの声とも違う。

静かだけど情熱的な、あんな声は知らない。

記憶を掘り起こそうと、長い間考えていたが、思い出せそうにないと、つむぎは諦《あきら》めた。ありもしない長い尻尾と同じように、あの夢の中の声も、きっと想像の中だけの存在なのだろう。

「それにしても、いい声だった」

夢の中の出来事を反芻《はんすう》し、つむぎはうっとりと目を閉じた。身体を撫でてくれた掌の感触も、とても気持ちがよかった。旦那さんや奥さんの手も温かくて心地好かったが、夢の中の手は、もっとしっとりとしていて、もっと大きく、なんというか、艶《なま》めかしかった。

まるで恋人の愛撫《あいぶ》のような。

夢での感触を思い出し、恍惚《こうこつ》となりながら、つむぎは苦笑した。

「まあ、恋人っていったって、おれは交尾の経験もないんだけどな」

猫として生きていた時、つむぎに恋の機会はなかった。集落は今よりもっとずっと遠くにあり、他の猫との出会いも少なかった。それに、ごくたまに出会っても、仲良くできなかった。つむぎは飼い主の夫婦が大好きすぎて、猫に興味を持たなかったし、そういうつむぎの態度が分かるのか、猫のほうからも寄ってくることがなかったのだ。

恋の季節を迎えた彼らを横目で見ながら、ふうん、と思うだけだった。発情期という特有の興奮も、一度も兆した覚えもない。拾われた時にはかなり衰弱していたらしいから、大人になる機能が育たなかったのかもしれない。

友だちも恋人もいなかったが、つむぎは幸せだった。自分を拾ってくれた旦那さんと、奥さんと三人でいられればよかった。

猫又になってからは、ますます出会いの機会は減り、今もさほど興味がない。夫婦はいなくなってしまったが、幸せだった思い出は消えず、それを抱えたまま、三人で暮らしたこの家を守っていられればいいとずっと思っているのだ。

それなのにあんな夢を見た。

「欲求不満なのかな……？」

ずっと一人きりで暮らしているから、人肌が恋しくなったのか。よく分からない。

奥さんや旦那さんが死んだ時、悲しく寂しい思いはあったが、痛くはなかった。心臓を握り潰されるようなあの痛みに、なんとなく覚えがあるようで、だけどやはり、まったく思い出せなかった。

結局一人でいる寂しさが変形して、夢に現れたのかもしれない。

「どうでもいいや」

たかが夢だ。

つむぎはただ、大好きなご主人たちとの思い出を胸に、ずっと平和なまま、二人の墓を守り続けるだけだ。

時々寂しく思う時はあるけれど、それでも構わない。

何があってもここにいると決めているのだ。絶対に。絶対に。

そんなことを考えながら、ふと、今見た夢の中でも、つむぎは同じ言葉を口にしていたことを思い出した。泣きながら、絶対に消えないと誓っていた。

「見つけてみせるとか言ってたな……。なんだったんだろう」

待っていろと。必ず迎えにいくから、消えずに待っていろと。切なく響く声が耳に残っている。

「……やだな」

夢の中の出来事なのに、その声を思い出したら、また胸が痛くなり、つむぎはスン、と鼻を啜《すす》った。

次の日の夜は満月で、つむぎは猫の集会に出席していた。

……とはいっても、猫が集まっている広場の隅で、その様子を眺めているだけだったが。

数十匹の猫が広い空き地に集まっていた。各々のお気に入りの場所に陣取り、数匹で固まっている猫もいる。それぞれが寛いだ恰好をしているが、耳は皆、同じ方向を向いていた。広場の真ん中に数匹の猫が輪になっていて、彼らの話し合いに聞き耳を立てているのだ。

つむぎも猫の姿のまま、少し離れた塀の上で、話を聞いていた。

『新しくできた住宅地で、腹の大きいのが三匹いた。父親はあの辺のボスのキジトラと思われる』

『産まれたら飼ってもらえそうか？』

『全員は難しいだろうな』

町が徐々に広がり、人が増え始めると同時に、猫も増えてきた。

集合住宅に住んでいる中には室内飼いされている者もいたが、大概は家も外も出入り自由だ。医者に連れていかれて去勢や避妊手術をされてしまう猫たちはまだ少なく、それは猫にとってはありがたいが、その代わりに数が増えてしまい、捨て猫の野良化など、生活に困窮する輩《やから》が出てしまうのが、目下の問題だった。

『一軒は夫婦だけで、あそこは人がよさそうな飼い主だが、他の二軒は捨てそうだ。身ごもっているのにも気づいていないかもしれない』

飼い猫は可愛がっても、生まれてしまった子猫を持て余し、里親を探すことなく捨てたり、悪い人間は川に流そうとしたりする。猫同士で情報を共有し、警備を強化しているのだが、なかなか手が回らないのが現状だった。

『第一地区のほうで、ボスが代わりそうだ』

『第二地区で、野良を駆除するのに保健所が出てきたらしい。どうやら猫嫌いの住民が騒いでいるようだ』

『注意喚起をしないといけないな』

会議をまとめているのは、毛の長い、大きなオス猫だ。フサフサの長い尻尾の先が、ほんの少し割れているから、猫又のなり立てなのだろう。隣には綺麗な三毛猫がいた。姿は若いが、この中では一番の長老だ。こちらも長い尻尾を持っていて、それが根元から大きく割れ、完全な二本尾になっている。他にも数匹、尻尾の割れた猫又が、輪になって話している。

町の出現と同時にやってきた猫たちは、世代交代を繰り返し、中にはつむぎと同じように猫又になっている者もいて、満月の夜にはこうして集まり、会議を開いているのだ。

『東の開発地域に建設作業員の寮ができるそうだ。独身の男ばかりだから、懐柔できたらあの辺を我らの自由にできるぞ』

『美女を派遣して誘惑するか』

『ならばわたしが行こう』

大猫の隣にいた三毛猫が言った。にゃーんと一声鳴き、二股《ふたまた》に割れた尻尾を優雅にたなびかせると、みるみる三毛猫の姿が変化していく。長い髪の、猫目をした女性が現れた。

『おお、これはいい。美女だな』

『美女だ』

人間の姿に化けた三毛猫が、妖艶《ようえん》な笑みを零し、ぺろりと舌を出す。

『人間の男は豊満な美女を好むからな。懐柔も容易《たやす》い。メロメロにして、なんでも言うなりにさせてやる』

人間の姿に化け、寮の男たちを誘惑し、操る計画が立つ。

会議は着々と進み、その他にも保健所の動きや犬飼いの家、猫嫌いの住人など危険地帯の確認をし、猫に有益な情報を交換し、対策を練っていった。

塀の上からつむぎもそれらの話に聞き入った。一匹狼《おおかみ》のつむぎにとって、損にならない情報ばかりだ。

つむぎが普通の猫だった頃に、多少なりとも顔見知りになった猫は、あの中には一匹もいない。猫又になってからはますます疎遠になり、同じ猫又同士なのに、少しの交流も成立しなかった。こうして遠くから猫の集会の様子を覗《のぞ》いているが、相手はつむぎの存在を無視し、煙たそうな態度を取るのだ。

それは、つむぎの尻尾の形に原因があった。

全部の猫が猫又になれるわけではないが、猫又になった猫はすべて、長く綺麗な尻尾を持っていて、それが年月を経て徐々に割れ、いずれ二股となる。

中央で指揮を執っている猫も、隣にいる三毛猫も、その他の猫又もみんな、綺麗な長い尻尾をしていた。だけどつむぎのそれは途中で千切れており、正当な猫又として認めてもらえないのだった。

ならばどうして短い尻尾のつむぎが猫又になれたのか、それはつむぎ自身にも分からない。旦那さんの死を看取《みと》り、ずっと側に寄り添い続けているうちに、いつの間にか猫の寿命を過ぎ、今こうなっている。

あの家を守り続けなければ、存在し続けなければという頑《かたく》なな思いがそうさせたのか、とにかく気がついたらつむぎは尾の短いままそれが割れ、猫又というものになっていた。

だけど正統な形を持たないつむぎは、猫の仲間とも、猫又の仲間とも認められず、ずっと一人のままだった。

『そういえば、第三地区のあの空き家が取り壊されるらしい。野良たちのいい住処《すみか》になっていたのだが』

『ああ、この間、ヤクショの人間がやってきて、取り壊しの話をしていた』

会議が進み、野良猫たちが多く身を寄せていた空き家がなくなると聞き、その後の野良たちの行き先をどうするかという話になっていた。

議題に上がった空き家は比較的新しく建ったものだが、人間の事情により人が住まなくなり、猫たちの恰好の宿として利用されていたのだ。それがなくなると困る野良が続出する。追い出された猫たちの行き先を早急に探さなければならない。

『あそこで子を産む算段をしている母猫もいるのだぞ。すぐには困るな』

『食べ物や古布を運んでくれる人間もいて、いい場所だったのに』

『どうにかならないか。せめて時間を稼ぎたい』

空き家の取り壊しまで猶予を持たせるための作戦会議が始まり、とりあえず空き家に足を運ぼうとする人間たちの邪魔をしようと、あれこれ意見が出されていく。

塀の上で静かに会議の様子を見守っていたつむぎは、もっとよく話を聞こうとわずかに身を乗り出した。

猫たちがどのような手を使い、人間の邪魔をするのか興味を持ったのだ。

つむぎの住む家、旦那さんと奥さんとの大切なあの家を守るのにも役立つかもしれないと、聞き耳を立てる。

『……おい、またあの半端者が覗いているぞ』

会議に熱中していた猫又のうちの一匹がつむぎのほうに顔を向けた。周りにいた猫たちも、唸《うな》り声を上げながら毛を逆立て、こちらを睨《にら》んでくる。

『そこの半端者、お前は呼んでいない。去れ』

輪の中心にいた大きな猫が言い、先っぽの割れた尻尾を太らせてブンブンと振り回す。

『仲間でもないくせに、寄ってくるな』

「おれは、ちょっと話を聞きたくて。どうやって人間の邪魔をするのか知りたい」

つむぎは塀の上から動かずに、邪魔をしないから話を聞かせてくれと頼んだ。

『うるさい。お前に教えてやる義理はない』

シャー、と威嚇《いかく》音を上げ、集まっていた猫たちが一斉に攻撃態勢をとった。

尻尾の短い猫又は猫又ではなく、まして猫でもない。縄張り意識の強い彼らは、仲間でない者には容赦がなく、ここから去れと追い出しにかかる。

『ここは猫の社会だ。お前は違う』

「おれも、猫又だ。……尻尾はこんなだけど、でも、みんなと一緒で元は猫だった」

『違う。そんな尻尾の猫又などいない』

「でも、本当に……おれは」

『お前からは猫とは違う臭《にお》いがするのだ。別の獣の臭いがな。我々の仲間ではない』

つむぎが何を言っても猫たちは威嚇をやめず、お前は違う、去れと言ってつむぎを追い出そうとする。

『今すぐ去らないと、喉を掻《か》っ切るぞ』

聞く耳を持たない彼らの態度に、つむぎは説得を諦めて、帰ることにした。

同じ猫なのに、尻尾はこうだけど自分は猫又なのに。

彼らが話さえ聞いてくれれば、つむぎも協力できるのに。たとえばその取り壊される予定の空き家の代わりに、つむぎの家を借宿にしてあげてもいいのになんて考えたのだが、どうにもならなかった。

塀から飛び下り、トボトボと集会所を後にした。

歩きながら、さっき言われたことを思い出し、すん、と自分の身体の臭いを嗅《か》いでみる。猫とは違う獣の臭いが混じっていると言われたが、そんなものは感じなかった。

「おれは何も違わない。みんなと一緒の猫で、猫又なのに。……なんでなんだろうなあ」

独り言を零しながら、つむぎは空を見上げた。

大きく丸い月が、真っ黒な空に浮かんでいた。

雨が止み、屋根の瓦も直したのにまだ滴が落ちてくる。

つむぎが屋根を修理してから、五日が経っていた。雨の日の時のようにバケツを置くほどではないが、気がつくと床が濡《ぬ》れているのだ。

「おかしいなあ。あれから雨は降ってないのに。なんで濡れる？」

染みのできた床を眺め、つむぎが首を傾げていると、遠くのほうから人間の足音が近づいてきた。

山のすそ野の一番奥に位置するここは、町からも遠く、近くに民家は一つもない。だから近づいてくる足音は、この家を目指しているのだと察し、つむぎは俄《にわ》かに緊張した。

猫の姿になり、人間の様子を窺《うかが》うことにする。

最後にここを訪れた人間を追い返してから二年近くが経っている。しばらくは平和だったのに、また性懲りもなくやってきたのだ。拡張する町の一部にここを加えるつもりなのか。そうはさせないと、つむぎは身を硬くして、こちらへ向かってくる人間を待った。

「山が背後から迫ってくるようですね。素晴らしい景観だ」

男の人の声がして、「そうですね」という相槌《あいづち》も聞こえた。近づいてくる足音は二つで、二人とも男性だ。つむぎは門扉の裏に潜み、聞き耳を立てた。

「この山を切り崩して土地を広げたいんですがね。地盤はどんな感じですか」

「……ああ、まずは調べてみないことにはなんとも言えませんが」

家どころか、山まで壊すという相談の声に、つむぎの背中が逆立った。

「急激な開発は災害に繫《つな》がりますから。慎重に調査を進めないと。この辺にあるのは、この家だけですか？」

「ええそうです。戦後のごたごたで権利も何も分からなくなっていて、長いこと空き家のまま放置されている状態なんですよ」

つむぎの家の門の前までやってきた二人が、この家についての会話をしている。

「こんな奥の土地に家を建てて、隠れるようにして住んでいたらしいですから、駆け落ちでもしてきたんじゃないかって話ですよ。かなり古いことなんで、詳細は分からないんですがね。え、中も見るんですか？」

男の一人が門を潜《くぐ》り、敷地の中に入ってくる。その後をもう一人が続くが、しぶしぶといった調子で、両腕で身体を守るようにしながら「うわあ、汚い」と言っている。

「だいぶ傷んでいますね。壁も柱もボロボロだ」

先に入ってきた男が、傾いた玄関の扉や土のこそげ落ちた壁を眺め、そう言った。

「持ち主もいないですし、すぐに取り壊してもよかったんですが。まあ、費用がかかることなので、後回しになっていまして」

後ろに続いた男が言い訳をし、「で、先生、どうですか？」と、結論を急ぐように促している。

「人口がどんどん増えてきて、早急に開発の計画を見直したく。ですから先生にこの辺りの地質を調べていただいて、その結果を以《もっ》て、開発申請の目処《めど》をつけたいんですよ」

「ああ、それはまあ、調べますが。こういうことはすぐに結論は出ませんから」

「ええ、ええ。分かっています。そのために専門の先生を招いているわけですから。自然破壊だとか、金儲《かねもう》け目的の誘致だとか、うるさい団体がいるんですよ。それを黙らせるのはやっぱり数字でしょ？　建築会社の人間だけだと、都合の悪い数字は隠ぺいするつもりだろうとか、本当にもう、うるさくて」

　案内してきた男が苦々しい声を出し、「面倒臭いんですがね」と、本音を漏らす。

「調査に入るのは来月からと聞いていたのが、こうやって急遽《きゅうきょ》お越しいただけて、誠にありがたい話ですよ。ご存分に時間をかけ、調査をしていただければ。……それで、なにとぞいい感じの結果報告をお願いしますよ」

　男がなにやら含みのある言い方をし、先生と呼ばれた人は「ああ、まあ……」と曖昧《あいまい》な受け答えをしている。二人とも悪いやつなのだと、つむぎは確信した。

この二人は、つむぎの家を壊し、町を拡張するためにここへ来たのだ。案内している片方は、猫たちが「ヤクショ」と呼ぶ、町を作っている側の人間なのだろう。そしてこの辺りの調査をするために、他所《よそ》から人を連れてきたのだ。

「それにしても、放置されていたというわりには、損壊が少ないですね」

　先生は、柱や雨戸を手で押して確かめたり、屋根を見上げたりしながら、のんびりと家の様子を見ている。

「扉も傾いてはいるが、しっかりと閉じてある。誰《だれ》かが住んでいるような……？」

「誰も住めませんよ、こんな廃屋。まあ、持ち主がない家ですから、もう明日にでも取り壊す算段はするつもりです」

明日、という言葉を聞いて、つむぎは息を呑《の》んだ。

「それよりも、先生、裏の山を見ていただきたいのですが」

ヤクショの人は早く別の場所を案内したいのだが、先生はつむぎの家に興味を持ったらしく、なかなか立ち去ろうとしない。

二人が庭に回っていき、つむぎは人間に見つからないように素早く移動し、縁の下に身を隠した。

「お墓がありますね。二つ……？」

「こっちは墓ですが、隣のも……そうなんですかね？」

旦那さんとつむぎの建てた墓の前に立っている二人を、つむぎは縁の下から覗き見た。

先生と呼ばれた男は、半袖の白い襟付きシャツに、ジーンズを穿いていた。のんびりとした声の調子に年配の人かと思ったが、想像したより若かった。旦那さんが仔猫のつむぎを拾った時と同じぐらいの年齢で、三十歳よりも前に見える。

背が高く、こちらに向けている背中がピンと伸びている。肩まである髪を無造作に一つにまとめている姿は、つむぎの知っている「先生」と呼ばれる職業の人とは少し違っていた。

もう一人の人は、でっぷりとしたおじさんで、まだそんなに暑い季節でもないのに、汗をかき、手にしたタオルでやたらに顔を拭《ふ》いている。

「それで、調査はいつから始めていただけますか？」

太ったおじさんの声に、先生が「今日、すぐにでも」と答え、おじさんに「え」と言われている。

「急ぐのでしょう？　幸いここに泊まる場所もありますし。今日から周辺の調査に入ります」

「あ、そうですか。それはありがたいですが。……え？　ここに泊まるんですか？」

「はい。ですから調査が済むまで、ここを取り壊すのは待っていただきたい」

そう言って先生が隣に立つ男に笑いかけた。

ちらりと見えた横顔は、立ち姿と同じく、スッキリとしていた。鼻が高く、唇は薄い。吊《つ》り上がり気味の目を細め、「ではさっそく」と、ズボンの尻ポケットから紙を出し、サラサラと何かを書きつけた。

「ホテルは引き払いますので、ここへ荷物を運んでください。それからこれを買ってきていただけると助かります。ああ、それから軽トラを一台お借りしたい」

「ああ、それぐらいはお安い御用ですが……。本当にここに滞在するおつもりですか？こんなところにお一人で？」

「身軽な身なのでね。野宿も山籠《やまごも》りも慣れていますから。屋根があるだけありがたいぐらいですよ」

戸惑っている男に、先生が買い物リストと金を渡した。

「暗くなる前にお願いしますね。電気が通ってないですから」

にこやかに急《せ》かされて、男がつむぎの家を出ていった。

「さて、と……」

男を見送り、先生が振り返る。つむぎは後退《あとずさ》りをして、縁の下の奥へと逃げ込んだ。先生の足が近づいてきて、それがしゃがみこむのが見える。

「ずっとそこに隠れていたのか？」

白い顔が覗き込んできた。狐目《きつねめ》の男がつむぎを見つめ、手を差し出す。「おいで」と言われ、つむぎはますます奥へと引っ込んだ。

「ここに住んでいるのか。なかなか綺麗にしているね」

穏やかな低い声で、先生がもう一度「おいで」と言った。

「私は尾房《おふさ》。尾房清綱《きよつな》というんだよ。覚えはないかい？」

尾房と名乗った男が笑っている。伸ばされた手から遠ざかり、つむぎはフゥー、と息を吐き、毛を逆立てた。

覚えなんかないし、この男は敵だ。つむぎからこの家を奪うつもりなのだ。

山を崩し、町を広げるために来たと言っていた。そのためにここに滞在するのだと。

そんな人間は追い出してやると、恐ろしい声で威嚇し、引っ掻いてやろうと身構える。

ここはつむぎの家だ。旦那さんと奥さんと、つむぎが暮らした大切な家だ。誰にも渡さない。

「そんなに怒らないで。ほら、おいで」

白い手をひらひらとはためかせ、「姿を見せてくれ」と言っている。

「……ようやく見つけた。お前を撫でさせておくれ」

つむぎに向かい、何度も手を伸ばし、尾房が「おいで」と繰り返した。


夜、いつもは月明かりのみの部屋の中が、ランタンで照らされている。

つむぎの家にあの男、尾房清綱が入り込んでいた。畳の上に座り、ランタンの明かりの下、本を読んでいる。

尾房の横には巨大な袋が置いてあり、それが布団のようだ。ヤクショの人に届けさせた荷物は、大きな鞄《かばん》が二つと、その他にも食料の入った袋、食器や鍋《なべ》の生活用品など、かなりの量だった。それらがつむぎの家の台所や、今尾房がいる部屋に広げられていて、この家に長期間滞在するつもりらしい。

つむぎはランタンの明かりの届かない戸の陰から、尾房の様子を窺っていた。呼ばれても近づく気なんかないし、どうにかしてこいつを脅し、追い出そうと隙を狙《ねら》っている。

明日にでも取り壊すというヤクショの計画はひとまず先送りになったが、問題が解決したわけではない。この辺の調査をすると言っていたが、それが終わればまたあのヤクショがここを壊しにやってくるのだ。それならば、調査の結果が悪いものになればいいとつむぎは考えた。

あの家には何か恐ろしいものがいて、壊すのは縁起が悪いとでも思わせればいい。寝ていて油断している時に突然襲われたら、大人の男でも驚くだろう。恐ろしい思いをさせ、引っ掻き傷の一つでもつけてやれば、尻尾を巻いて逃げるに違いない。

そう考えて、男が眠りに就くのを待っていた。尾房はつむぎに狙われていることなど知らず、のんびりと本を読んでいる。

それにしても、今までも人間がここを訪れることはあったが、いつも明るい昼のうちで、それでもつむぎがちょっと脅かせば、すぐに奇声を上げて逃げていったものだ。野中の古い一軒家は、それだけでもどこかおどろおどろしく、ましてや猫又のつむぎがいるのだ。尾房を連れてきたヤクショの人間だって、中に入るのを躊躇《ためら》っていた。

それなのに、たった一人で泊まろうとするなんて、随分図太い神経の持ち主だと思う。

さっきも縁の下に潜むつむぎに手を差し伸べて、つむぎもかなり頑張って恐ろしい声を上げ、目を光らせて身体を膨らませてみたりもしたのだが、まったく動じずにしつこく手を伸ばしてきた。

次はあんな威嚇では済まさないぞと、のほほんと本を読んでいる尾房を見つめていた。

尾房は持ち込んだカップにお茶を注ぎ、美味《うま》そうに飲んでいる。香ばしいお茶の匂《にお》いがこっちにまで漂っていた。湯気の立つそれを眺めながら、こういう匂いを嗅ぐのはどれくらい振りだろうかと、ふと懐かしく思った。

夫婦が生きていた頃、よく食後に二人でお茶を飲んでいた。縁側で庭を眺めながら飲んでいた時もある。つむぎはどちらかの膝の上にいて、あの時もお茶の匂いがしていた。庭に咲く花を眺めながら、あれが咲いたね、蕾《つぼみ》がついたと楽しそうに話していた。穏やかな声の記憶と、風に混じるお茶の匂い。味噌汁《みそしる》や卵焼きの匂いなんかも一緒に甦《よみがえ》ってくる。

久し振りの人の気配と生活の匂いにいろいろなことを思い出しながら、つむぎはついウトウトとしてしまい、ハッと気がつくと、尾房がランタンを消し、寝床の袋に入っていくところだった。

辺りを暗闇《くらやみ》が包み、音もなくなる。つむぎは警戒しながら、尾房が寝入るのを待った。

袋の中で、しばらくゴソゴソと寝返りを打っていた尾房が静かになる。つむぎは物音一つ立てずに、そっと袋の側まで近づいた。

暗闇の中でもつむぎにはよく見える。首まで袋に入った尾房が目を閉じていた。規則正しい呼吸音が聞こえてきた。

さらに近づき、どの辺から攻撃しようかと顔を覗き込む。首筋をザラリと舐《な》め上げたら飛び上がるだろうか。それとも、耳元で『出ていけぇ〜』と囁《ささや》いてやろうか。

どんなふうに脅かしてやろうかと寝ている顔を見ていると、突然袋から伸びてきた手に捕まえられてしまった。声を上げる間もなく両脇《りょうわき》に手を入れられ、持ち上げられる。

「やっと来てくれたのか」

寝そべったまま胸の上につむぎを乗せ、尾房が笑って言った。逃れようと暴れるつむぎの身体をガッチリと両手で押さえ、動きを封じる。つむぎも負けずに「マーォ」「ワァーォ」と怖い声を出すが、手の力が緩まない。

「どうして怒る。寝込みを襲ってきたのはお前だぞ。一緒に寝よう」

尾房の寝ている袋の中に入れられそうになり、精一杯の抵抗を試みる。フシャーッ！と叫び、引っ掻いてやろうと腕を伸ばすが、脇を押さえられているので届かない。

「おいたは駄目だよ」

余裕の声で窘《たしな》められてしまった。

「ギャーォ、アァーオォオオッ」

自由の利く下半身を捩《よじ》るように揺らし暴れる。両脇を押さえられながらグルングルンと身体を回すつむぎの様子に、尾房が「元気がいいな」と言って笑っている。

「どら。顔を見せて」

両脇を抱えたまま、尾房がつむぎの顔を見つめた。真っ暗闇で何も見えないはずなのに、尾房はつむぎを見つめ、嬉しそうに瞳を細める。それが近づいてきて、鼻先がくっつく。すかさず猫パンチを繰り出したが、素早く回避され、また「こら」と叱られた。

「おいたは駄目だと言っただろう」

「マーォォオ」

「もう夜も遅い。一緒に寝よう。いい子だから」

「ゥワーォオゥォ、アォオオオ」

「本当はもっと人懐こいんだろう？」

「フシャァァアアッ」

「……駄目か。寂しいな」

叫びながら拒絶するつむぎに、尾房が溜息《ためいき》をつき、抱きかかえていた手の力を緩めた。その隙を衝《つ》きつむぎは脱兎《だっと》のごとく飛び退《すさ》り、戸の裏に逃げ込んだ。

「しばらくはここに滞在するんだから、仲良くしよう……？」

再び寝袋に身体を沈ませた尾房が、隠れているつむぎに向かって腕を伸ばし、言った。

誰が仲良くなんかするものか。

「相変わらず気が強いな。まあいいか。明るい時にまた、顔を見せてくれ」

じっとしているつむぎに向かい、尾房が「おやすみ」と言って目を閉じた。

再び部屋が静かになる。

長い時間、戸の裏で動かずにいたつむぎは、もう一度足音を忍ばせて尾房の近くまで行った。今度は用心して、捕まえられない距離を保ち、寝ている尾房の顔を見下ろす。

脅かそうとして、逆に捕まえられたのは失敗だった。どうにも胆の据わった人間のようで、いつものようにことが運ばない。つむぎを野良猫と侮って、軽く扱うのも悔しかった。

この上は、もっと直截《ちょくさい》的に怖がらせてやろう。

寝ている尾房の頭上に移動し、唸り声を上げてみる。

『……出〜て〜い〜けぇ〜〜』

できる限りの低く、恐ろしい声で尾房の耳元で囁いてやった。誰もいないはずの暗闇から声が聞こえたら、さぞかし恐ろしかろう。

『こ〜こ〜か〜ら〜出〜て〜い〜け〜』

目を閉じたままの尾房が「うう」と苦しそうに眉《まゆ》を寄せ、首を振った。効いてる、効いてると、ほくそ笑み、つむぎは脅しを繰り返した。

『い〜え〜を〜壊〜す〜の〜も〜や〜め〜ろ〜ぉ〜』

耳元で囁くと、袋に顔を埋《うず》めながら「勘弁しろ」と、尾房が唸るように言った。

「今日は遠くから来たから、疲れているんだ。寝かせてくれ」

グズグズと眠そうに言うから、嫌がらせのようにして声を張り上げてやる。

『壊～し～た～ら～、酷《ひど》い目に遭～わ～す～ぞ～』

「酷い目か。怖いな」

『怖～い～ぞ～』

「どんな酷いことをする？」

『い～ろ～い～ろ～だ～』

「そうだ。名前を聞いていなかった。お前は今、なんと呼ばれているのだ？」

『言～う～も～ん～か～』

「そんなことを言わずに、教えてくれ」

『教～え～な～い～』

「私は尾房だ。尾房清綱。きよと呼んでくれ」

『呼～ぶ～わ～け～な～い』

「親しい者にはそう呼ばれている」

『知～ら～ん～が～な～』

どれほど脅しても、尾房は寝ぼけているのか目を瞑《つむ》ったまま くだらない受け答えをしてくる。つむぎも負けじと出ていけと繰り返すのだが、尾房はむにゃむにゃと適当な返事をするばかりで、それもだんだんと途切れ途切れになる。

『寝るな～出ていけぇ～。……お～い』

ついには返事がなくなり、すやすやと穏やかな寝息が聞こえるだけになった。

夜が明けて、ガタガタとうるさい音につむぎは目を開けた。

夜中じゅう尾房に嫌がらせをし続け、最後には自分も疲れてしまい、追い出しを諦めて部屋を出た。縁側で次の作戦を考えているうちに、眠ってしまったものらしい。

騒がしい物音は庭の向こう側から聞こえていた。今日も天気は良く、雨は降りそうにない。つむぎはその場で大きく伸びをし、それから音のするほうへ向かった。

家の勝手口に尾房がいた。大きなボンベを運び込み、台所のガス管に繋いでいる。昨日とは違う襟付きのシャツを着て、下は昨日と同じジーンズ姿だ。肩まである髪は束ねないままで、動くたびに揺れている。

「電気はなくても平気だが、食事を作るのに水道とガスはいるからね。携帯コンロじゃ、お茶を淹《い》れるぐらいしかできない」

尾房が独り言を言った。

「さて、最低限のものは整ったか。あとは修繕だな。いろいろとまあ……、ボロボロだ」

余計なことをするなと思いながら、昨夜《ゆうべ》の不意打ちのこともあるので迂闊《うかつ》に姿も現せず、つむぎは物陰に隠れたまま、動き回る尾房の様子を観察していた。

尾房は扉の建てつけを直したり、畳を剝《は》がしたりし始めた。

畳を外に運び出し、縁側のある庭に立てかけると、尾房は草ボーボーになっている庭を眺め、それから不意に、夫婦の眠る墓の前に立った。

「こっちはきちんと埋葬したのか？」

つむぎの建てた墓に手を置き、揺らすような仕草をしたので、慌てて「壊さないで」と、尾房の背中に向かって叫んでいた。

「壊すつもりはないが、どうしたのかと思ったから」

こちらを向かないまま、尾房が言った。突然聞こえたつむぎの声に、驚く様子も不思議がる様子もない。

「亡骸《なきがら》をここに埋めたのか？　荼毘《だび》には付したか？　これをお前一人で運んできたのか？」

背を向けられたままの矢継ぎ早の質問に、つむぎは草むらに隠れたまま、「ぅぅ……」と唸った。ぴかぴかの平らな石の横にある粗末な墓の有様を、責められたような気がしたのだ。

「この辺りだけは草もむしられて、綺麗にしてあるな。きちんと弔ってある。偉かったな」

次には静かな声でそう言われ、つむぎはやはり無言のまま、墓に手を合わせている尾房の背中を見つめた。

「……そろそろ姿を見せてくれないか。顔を見ずに話すのは苦手だ」

尾房がこちらを向かないまま言い、つむぎは仕方なく草むらから姿を現した。つむぎの嫌がらせにも動じない尾房には、正面から説得するしかないと思ったし、これ以上つむぎの家で勝手をされたくない。

人間の姿になり、尾房の背後に立つと、尾房がゆっくりと振り返った。下を向いたまま黙って立っているつむぎを、じっと見つめている。

「名前は？」

「……つむぎ」

尾房を見ないままぶっきらぼうに答えると、尾房は「そう」と頷き、目を細めた。

「いい名だな。自分でつけたのか？」

「違う。奥さん……、前にここに住んでた人がつけてくれた」

「そうか。ずっとここに一人で住んでいるのか？」

「そうだ」

こんな辺鄙《へんぴ》な場所の崩れそうな廃屋に、人間が一人で住んでいるなんて、かなり不自然なことだが、どう思われようとつむぎには関係ない。

「ここはおれの家だ。勝手なことはするな」

とにかく自分の家だと主張して、尾房をここから追い出したい。

強い目で睨み、先住権を主張するつむぎに、尾房は「そう」と簡単に頷き、笑っているから頭にきた。

「家も壊させない。今すぐ出ていけ」

「しかし私は麓《ふもと》の町に頼まれて、ここに滞在しているんだ。この辺りの調査をしないといけない」

「おれは許可してない。おれの家だ」

「それに、住むにはあちこちガタがきているからな。直していかないと」

「頼んでない！　これで十分だ」

「このまま放っておいても、そのうち自然に崩れるぞ」

「え……」

驚いた声を上げるつむぎに、尾房はゆっくりと頷き、「一年も持たないかもしれない」と、脅かしてくる。

「そんなの、嘘《うそ》だ」

「柱も朽ちかけているし、床も抜けている。畳だって水を吸ってあの有様だ」

それ以外にも、どこもかしこもボロボロだと、尾房が大袈裟《おおげさ》に言う。

「それに、つむぎがいくら頑張っても、否応なしに開発は始まってしまうよ。そうなればここは更地になり、この辺りは道路になるだろう」

「そんなことはさせない！　絶対に」

燃えるような目で尾房を睨むが、尾房は困ったように首を竦《すく》め、「どうしようもない」と言うのだ。

「だって、……駄目だ」

ここはつむぎの家で、ずっと守っていくと決めたのだ。旦那さんと奥さんの墓と思い出を、壊すわけにはいかない。絶対に、ずっとここで。

拳を握りしめ、わなわなと震わせながら突っ立っているつむぎに、尾房は「仕方がないんだよ」と慰めるような声を出した。

「それでもまだ少しは時間がある。私はしばらくここを出ていかないし、そのために家も修繕しよう。その間に、この墓の移転先を決め、ちゃんと供養してあげよう」

「……駄目だっ！　ここは、おれの大事な家だ。墓も動かさない。駄目。絶対！　だって、おれが、ここを……だって、約束したんだ」

形は不恰好でも、つむぎが一生懸命に作った墓だ。草をむしり、毎日綺麗にして墓参りをした。ずっとここを守ると約束した。それなのに、他所へ移されたりしたら、つむぎはどこへ行けばいいのだ。

「分かっている。お前はそれを一人でずっと守っていたんだね」

偉かったねと、狐目をほっそりと窄《すぼ》め、尾房が腕を伸ばしてくる。頭を撫でられそうになり、つむぎはビョン、と大きく後ろに飛び退った。

「そんな甘いことを言っても、騙《だま》されないぞ！」

手を宙に浮かせたままの尾房が苦笑し、「手強《てごわ》いな」と呟《つぶや》く。

「まあ、そう毛を逆立てないで、仲良くしよう」

「しない！」

「どのみち私はここを出ていかないんだし」

「出ていけっ！」

「役所の許可を得ているし、ここがお前のものだという証拠もない。出せるか？　証拠を」

「そんなの……っ」

「私は寛大だからな。お前を追い出したりはしないよ」

「なんでだよ！　なんでおれが追い出されるんだよ」

「一応、今ここに住む権利があるのは私のほうだから。いいよ？　ここに住んでも」

我が物顔の物言いに、ぐぬぬ、と拳を震わせるつむぎに、尾房はくっく、と喉を鳴らす。

なんだこいつ、案外意地悪なやつだと、楽しそうに笑っている顔を睨んだ。

「とにかく私はここに住む。家を勝手にされるのが嫌なら、お前が監視すればいい。どちらにしろ修繕は必要だ。つむぎ、バケツはあるか？　水を汲《く》んできてほしい」

「なんで、……おれがっ」

「住まわせてあげるんだから、手伝いはしないと。お前だって、この家が倒壊するのは嫌なんだろう？」

「嫌だ。……けど」

「じゃあ、直すのを手伝ってもらわないとね。それで、バケツはあるのか？」

「あるよ。雨漏りした水を溜《た》めるのに、いつも使ってる」

「それを持って、水を汲んできて。床もだいぶ汚れている。お前、雑巾《ぞうきん》がけなんかしたことがなかったんだろう」

教えてあげるよと偉そうに言われた。

「住むなら少しでも快適なほうがいいだろう。ほら、日が暮れてしまうぞ」

喰《く》ってかかろうとするつむぎを尾房は飄々《ひょうひょう》とかわし、ほらほらと急き立てて、つむぎはなぜだか水を汲みに行かされてしまうのだった。

トンカントンカンと、いつもは遠くの町のほうから流れてくる音が、つむぎの住む屋根の上でしていた。

トラックで町まで行った尾房は、補修のための道具や建具を運んできていた。

「つむぎ。板を持ってきてくれ」

尾房の命令に、つむぎは板を持って梯子《はしご》を上る。屋根の上に着くと、尾房が金槌《かなづち》で屋根を叩いていた。綺麗に並べてあった瓦が避《よ》けられ、尾房の横に積み上げられている。

「なんで瓦をずらすんだ？　せっかく並んでんのに」

「瓦の下の板が腐食しているからだよ。ほら、ここの隙間から水が入り込んで中に溜まっている。雨漏りが酷かったろう」

尾房が指さす先に目をやって、ああ、だからいつまでも雨漏りが止まなかったのかと納得した。

板を、と手を出されて素直に渡す。尾房は慣れた手つきで釘《くぎ》を打ち、穴を塞いだその上に瓦を戻していった。

「屋根はこれでよし。次は床だな」

そう言って、屋根と同じようにして家の床も穴を塞ぎ、その上にまた新しい板を敷いて補強した。フカフカと床が沈んでいたのは、畳のせいではなかったらしい。その畳も外して庭に干し、腐食の酷いものは新しいのを運んでくると尾房が言った。

「ああ、いろいろなものを詰め込んでいるな。つむぎ、そこのパテをよこせ」

「ぱて……？」

つむぎが無理やり隙間に突っ込んで塞いでいた草や枝を、取り払うように言われ、代わりにパテという粘土を塗り込んでいく。ガタついた扉や窓の桟にも厚みのあるひも状のシールを貼《は》り、歪《ゆが》みを補正した。

脚が折れていた卓袱台《ちゃぶだい》も直してもらった。尾房に教えられ、硬く絞った雑巾で丁寧に拭いたら、あの頃と同じような飴色《あめいろ》になっていくのが嬉しくて、つむぎは一生懸命に卓袱台を磨いた。

衣類や日用品、書物なども分け、埃を払った。食器を洗い、ガスで湯も沸かせるようになる。

「一度に全部は無理だからな。今日はこれぐらいにしておこう」

今日の分の修繕と掃除を終えると、尾房が台所で夕食を作る。献立はうどんで、油揚げが載っていた。戸棚から出してきた丼にそれを入れ、茶の間に運んできた。

「つゆもうどんも冷ましてある。熱くないぞ」

卓袱台に載ったうどんを睨んでいるつむぎに尾房が言い、恐る恐る口をつける。覚束《おぼつか》ない箸《はし》さばきのままうどんを啜ると、鰹節《かつおぶし》のいい匂いが口の中に広がり、とても美味しいと感じた。丼に顔を突っ込むようにして食べるつむぎを、尾房が笑顔のまま眺めている。

「美味かったか？」

汁まで全部飲み干して、大きな溜息をつくつむぎに尾房が言い、そこで初めて夢中になって食べていたことに気がついた。

バツが悪くて丼を睨んでいるつむぎを、尾房は相変わらず機嫌のいい顔で見つめている。

「……こういうの、久し振りに食べたから」

猫又になって以来、空腹になることがなくなり、食べることとすら忘れていた。

「食べること、寝ること、他にも習慣にしていることは、繰り返すのが大切なんだ。毎日繰り返していないと、いろいろなことを忘れてしまうからね」

綺麗な所作で箸を動かし、油揚げを口に入れながら、尾房が言った。

胃の腑《ふ》に収まった鰹だしの味は懐かしく、あの頃奥さんにもらっていた猫まんまを思い出していた。飴色の卓袱台で旦那さんと奥さんがご飯を食べ、その足元につむぎのご飯を用意してくれて、みんなで食べていた光景が鮮やかに甦る。

夫婦がいなくなってから、この家を守ることに終始し、それだけを考えて今まできた。ここでの思い出を忘れたわけではなかったが、尾房に言われて修繕の手伝いをし、こうして食事を取ったら、墨色にぼやけていた記憶が、色を取り戻したのだ。

「美味かった」

汁まで平らげた丼を見つめたまま、小さな声でつむぎが言うと、向かいにいた尾房が頷き、「よかった」と言った。

「明日は柱の修繕をするか。お前には庭の草むしりを頼もうかな。それくらいならできるだろう？」

「できるよ！　掃除だってできるし、卓袱台だってほら！」

磨き上げた卓袱台を自慢すると、尾房は狐目を細め、「そうだな」と笑った。

「一年経っても、もうここは崩れないよな。ずっと住めるな」

傾いていた扉は真っ直《す》ぐになり、屋根も壁も穴が塞がれ、隙間風も入ってこない。一年も持たないと脅かされたが、もう大丈夫だ。尾房のやり方をつむぎも真似れば、これから先もずっと壊れないままここにいられる。

「だけどつむぎ、いずれはここを去らなければいけないよ」

「……なんでだよ。家、直ったじゃないか」

安心した途端に尾房が水を差すようなことを言う。

「ここは町になって、人が住むようになるんだよ。すぐにではないが、そのうちここも更地になる……」

「駄目だ！」

家を直してくれたから、いい人なのかと少しは見直したのに、どうしてそんなことを言うのか。

「時代も環境も変わっていくんだよ。変わらないのは……」

「駄目！　絶対っ！」

叫ぶつむぎを見つめ、尾房が困ったように笑うから腹が立った。

「ここを守るって、約束した。ずっとこのままでいるんだ」

絶対に、ここから出ていくものかと、つむぎは足音を立てて部屋から飛び出した。


その日の夜。つむぎは部屋の外で、尾房が眠りに就くのを虎視眈々《こしたんたん》と狙っていた。

夕食の時に喧嘩《けんか》をし、部屋を飛び出したつむぎは、それから尾房の前には姿を現していない。怒っていなくなったと思わせておいて、もう一度襲おうと、夜になるのを待っていたのだ。

昨日と同じ縁側のある部屋で、尾房が横になっている。今日は寝袋ではなく、町で買ってきた布団を敷いていた。なぜか隣にもう一組布団が敷いてある。つむぎが戻ってくるのを待っていたのかと思うが、そうは問屋が卸さない。

「見ていろ。人間め。メロメロにしてやる」

怖がらせようとした作戦は失敗した。つむぎは考えに考えて、次は色仕掛け作戦をしようと思いついた。

いつかの猫の集会で、人間の男は豊満な美女が好きで、メロメロにしてやったらなんでも言うことを聞くのだと言っていたのを思い出したのだ。

「豊満、豊満。……こんなもんでいいかな」

手にした二つの夏ミカンをシャツに入れ込み、胸の上に持っていく。夏ミカンは町まで行って盗んできた。柑橘《かんきつ》の匂いに吐きそうになるが、これも家を守るためだと我慢した。

夏ミカンを胸に収め、頭には道端で摘んできた葉の長い草を乗せている。

準備を終えて、大きく息を吸い込んだ。肌がざわつき、変化が始まる。豊満、美女、と呟きながら完了を待つ。やがてざわざわとした感覚がなくなり、つむぎは目を開けた。

手で押さえていたみかんが胸にくっつき、今日はそれごと皮一枚分厚めにした肌で身体を包む。よく見れば着ぐるみ状態の作り物だと分かるが、暗闇ならなんとか誤魔化《ごまか》せるだろう。猫又になれたといっても、自在に姿を変えられるわけでもなく、頭に乗せた草を使って長い髪を作るのが精一杯だ。

ゆっさゆっさと揺れる胸を強調して歩いてみる。なかなかセクシーだと自分で思った。

「尾房め、誘惑してやる」

豊満な美女になって尾房を誘惑し、メロメロにするのだ。ここから追い出し、この家を壊す計画も、町の開発も、全部反故《ほご》にしてやる。

音を立てずに部屋に入り込み、昨日と同じようにして尾房に近づく。尾房はこれから起こることなど何も知らないまま、平和な顔をして目を瞑っていた。

顔と寝息を確認し、つむぎはスルリと尾房の寝ている布団に潜り込んだ。

「ん……」

違和感に気づいた尾房が、小さく息を吐いた。目はまだ瞑っていて、仰向けになっていた顔がわずかに傾く。

さて、……誘惑ってどうするんだ？

布団に潜り込んだはいいが、つむぎはそこで首を傾げた。誘惑、メロメロ、とそればかりを思い、具体的に何をやるのかを考えていなかった。

隣で眠っている尾房の顔を見上げた。すやすやと寝息を立てている顔は端整で、一日修繕の仕事をしていたのに、日焼けもしておらず、肌は白いままだ。目尻が上がっているので、目を瞑っていても笑っているみたいに見え、なんだか愛嬌《あいきょう》があるな、なんて思った。

次にするべきことが分からずに、ぼうっとしたまま寝顔を眺めていたら、不意に尾房が目を開けた。すぐ目の前にいるつむぎに驚いたように目を見開き、そのまま固まった。

「……どうしたんだ？　それは」

いきなり目を開けられて、つむぎも驚いてしまい、茫然《ぼうぜん》とする。お互いに固まったまま見つめ合っていると、尾房のほうが先に動いた。見開いた目がゆっくりと細まり、笑い顔になる。

「夜這《よば》いとは嬉しいな、つむぎ」

なんでバレたのかと動揺しながら「違う。つむぎじゃない」と反論したら、「じゃあ誰だ」と問われてぐっと詰まる。

長い髪に夏ミカンで作った豊満な身体になっているつむぎを、尾房が不思議そうに見つめている。

ここは強硬に突っ走るしかないと覚悟を決めた。

「あの……」

「ん？」

顔を覗いてこようとする視線から逃れ、顔を俯《うつむ》けながら、声を出した。

「この家を、壊さないでください……。お願いなのです」

できるだけ高くか細い声を作り、懇願してみる。

「町の開発も、山を崩すのもやめていただきたいのです」

上目遣いに尾房を見上げ、妖艶な笑みを浮かべようと、口端をニヤリと吊り上げた。

つむぎの話を聞いた尾房が一瞬考え込み、次には「なるほど」と頷いた。

「色仕掛けか。考えたな、つむぎ」

「だからつむぎじゃない！」

声を荒らげてから、あ、と口を押さえると、尾房がクツクツと身体を震わせ、それからあははは、と大声を上げて笑い始める。

尾房を誘惑し、思い通りにする作戦が、全然上手くいかない。メロメロにしなければいけないのに、尾房が笑い転げている。

「笑わないでもらいたいのです」

「ああ、すまない……しかし……」

クックッ、と喉を詰まらせ、尾房がまだ身体を震わせている。

「お願いなのです」

「私もお前の願いなら、なんでも叶《かな》えてやりたいが」

笑いを引きずりながら尾房が言い、「それなら」とつむぎも食い下がるが、尾房は困ったというように眉を下げる。

「これぱかりはどうしようもないんだよ。分かってくれ、つむぎ」

尾房にはすっかりつむぎだとバレているようで、作戦は失敗に終わった。それじゃあ仕方がないと、布団から出ようとするが、今度はガッシリと身体を抱き込まれて、阻止されてしまう。

「離せよ」

「夜這いを仕掛けてきたのはお前だろう。まあ、ゆっくりしていけ」

「うるさい。もう用は済んだ」

「こっちはまだ済んでいないぞ。しかし、なんでそんな恰好になっているんだ？　変わった趣味を持つようになったんだな」

「そんなんじゃないよ！」

からかうような声にムッとする。つむぎだって好きでやっているわけではない。

「……若い男には、豊満な美女がいいって聞いたから」

「ほう。それで私をもてなしてくれようとしたのか」

暗がりの中、長い髪をかき上げられて顔を覗かれ、逃げるように顔を背ける。

「私は豊満な美女にはまるで興味がないのだが」

「……そうなのか？」

豊満じゃないほうがよかったのか。わざわざ夏ミカンを盗んできてまで仕込んだのに、無駄なことをした。

「痩《や》せた女がよかったのか」

「……そういうことではない。お前も知っているだろう？　忘れたのか」

「知らないよ。触るなってば」

尾房は時々変なことを言う。初めて会った時から妙に馴《な》れ馴れしく、まるで前からつむぎのことを知っていて、つむぎにも覚えているだろうというような態度で接してくるのだ。

つむぎが知っているのは、この家にいた夫婦だけだ。他の人間など関《かか》わったこともない。

「つれないことを言うな。寂しいだろう」

布団から逃げようと暴れるが、逆に強い力で抱き寄せられ、尾房の顔が近づいてきた。口がぶつかりそうになり、慌てて顔を背けたら、そのまま首筋に顔を埋められ、吸ってきたから驚いた。じゅ、と音が鳴り、きつく吸われる。

「なにすんだよ！　舐めんな……っ、ゃう」

チリリというわずかな痛みのあと、ペロペロと舌でなぞられ、くすぐったさに首を竦める。追い出そうとしても尾房は口を離さず、今度は軽く噛んできた。痛くはなかったが、他の猫にも噛まれたことのないつむぎは、どうしたらいいのか分からない。

激しく首を振ったら、変化が解けて髪の毛にしていた草が頭から離れ、布団に落ちた。胸にくっつけていた夏ミカンもゴロンゴロンと転がっていく。

「こんなもので偽装していたのか」

尾房の楽しそうな声がして、言い返そうとした唇を突然塞がれた。

「……っ、ふぉぅ」

目を見開いたまま硬直していると、ヌルリと分厚い舌が入ってきて、中をかき混ぜられてパニックになる。尾房の舌はびっくりするほど熱く、つむぎの中で動き回る。歯の裏を舐められ、舌を吸われた。

「ぅ、……や、め……、ぁう、あぅう、ふぅ、ぁうぅ」

口の中を蹂躙《じゅうりん》されながら、夏ミカンのなくなった胸の上に尾房が手を這わせてきた。舌と同じく、掌も火のように熱い。

「随分と初心《うぶ》な反応をする。……可愛いじゃないか」

「ぅる……さ、ぁ、あ、触ん……みゃぁ……ぉ」

胸の先っちょを摘まれて、甲高い声が飛び出した。

「そんな、とこ……触んな、ぁ、よ……ふぁ、にゃ、ぁあん」

触るなと言うのに、今度は両方同時に摘まんできてクリクリと動かしてくる。身体を捻《ね》じって逃げようとするが、上から圧《の》しかかられてしまい、動けないまま、また胸先を弄《いじ》られた。

「やめろってば……何すん……っ、やぁだ」

初めての刺激にガクガクと身体が揺れ、気がつくとつむぎは四つん這いになっていた。いつの間にこんな恰好になっていたのか分からない。

皮一枚厚めに纏《まと》っていたから、変化が解けたらつむぎはスッポンポンだった。尾房の掌が這い回り、尾てい骨の辺りを軽くトントンされ、腰が高く上がってしまった。ここはつむぎの一番弱い場所だ。ここを叩かれると気持ちに反してどんどん腰が上がってしまうのだ。

「やぁ、……め、て」

腰を引いて前へと逃げようとするが、尾房の手が追いかけてきて、またトントントントンと叩かれる。胸が敷布につき、突き出すようにして腰が上がる。

「ああ、煽情的《せんじょうてき》な恰好だな。そんなふうに誘われたら、我慢が利かなくなるだろう」

背中から尾房の興奮したような声が聞こえ、誘ってないし！　と首を振った。

「私のいない間、他の者をこうやって誘い込んだのか？」

尾房が意地悪な声を出し、わけの分からないことを言ってくる。

「何が……、っ、ひゃぁ、ぁん、何……、分かんな……や、やっ」

「他人の布団に潜り込んで、誘惑したんだろう……？」

「してな……、ぃ」

「お前は移り気だからな」

胸を執拗《しつよう》に弄り回していた指の片方が蠢《うごめ》き、下腹部を掠《かす》め、もっと下へと下りていく。

「本当だ……っ、て、こんなこと……誰とも……ぃ、してない、やぁ、そこ、やぁだ」

「……本当か？」

「してないってばっ、だから、離して。駄目、駄目ぇえ」

つむぎの中心を尾房の手が包み込む。やわやわと握られて、その初めての感触に、つむぎは恐慌を来した。

「やぁあああ、そんなとこ、握んないで……っ」

首を噛まれたことも、ましてや性器を握られるのなんか初めてで、つむぎは泣き叫んで許しを乞《こ》うた。尾房の手は柔らかく、痛くはないが恐ろしい。

「潰れちゃう。潰さないで……やだ、やだ。ごめんなさい、ごめんなさ……い」

「潰したりなんかしないよ。つむぎ……」

耳を唇で軽く挟み、尾房が優しい声を出した。握っている手をわずかに上下させ、「ほら」と言ってまた耳を噛む。

「……ぁ」

今まで経験したことのない疼《うず》きが生まれ、つむぎの口から甘い声が漏れた。

「可愛がってあげようというんだ」

「……駄目」

「なぜ?」

ゆっくりと上下される動きに身体が自然と揺れ、つむぎは逆らうように首を振る。

「気持ちよさそうに揺れている」

「駄目、……駄目」

ふるふると首を振り、湧《わ》き上がってくるものにつむぎは必死に抗《あらが》った。

「だって、……駄目だ。なんか、ぁ、あ、駄目駄目、駄目ぇ」

声とは裏腹に、腰が高く上がり尾房の手の動きに合わせ前後する。だけどこれ以上は駄目だ。だって、だって……。

「だって、……出ち……ゃう、から……ぁ」

「出せばいい」

「駄目だってば……っ、やぁ、め」

――尻尾、出ちゃう。

腰の付け根がムズムズし、今にも飛び出しそうなのだ。こんなものを出したら尾房がびっくりする。

「うぅ、……うぅぅうう」

「つむぎ……？」

「見ちゃ……だ、めだ」

唇を噛んで耐えているつむぎの顔を、尾房が覗いてくる。慰めるようにぺろりと唇を舐められた。

「真っ暗だから……何も見えない」

耳元で尾房が囁く。

「……本当？」

「ああ。ここは電気もないし、月の明かりも届かない。真っ暗闇で、何も見えないよ」

「でも……ぁ、あ」

一旦止まっていた尾房の手が再び動き出し、つむぎの腰も揺れてしまう。

強く、弱く、尾房の手が動く。戸惑い、我慢していたのが、尾房の言葉でタガが外れる。

「あっ、でも……、あ、あ、……んぅー、ひ、ぃん、にゃ……ぁあ、ん」

耐えていたものが耐えられなくなる。腰が高く上がり、尾房の手とともに腰が激しく前後する。

「ああ……」

触られているのはつむぎなのに、尾房のほうが声を出した。溜息交じりの甘い声に促されるようにして、つむぎの口からも声が漏れ出す。

「は……ぁ、ん、あ、あ……」

気持ちよくて何も分からない。身体を揺らしながらゴロゴロと喉が鳴った。片方の手が胸を撫で、唇が背中を這っている。もう片方の手はずっとつむぎの性器を可愛がっていて、どこもかしこも気持ちいい。

尻尾が生えるのを我慢していた腰のムズムズは、いつの間にか消えていた。それよりも尾房の与える刺激のほうが大きくて、もうどれがなんだか分からない。尻尾も耳も出ているのかもしれないが、それすらどうでもよくなってしまった。

「ああーぁ、ん」

咆哮《ほうこう》に近い声が出て、高く上がった腰が揺らめいている。尾房の声も聞こえるが、何を言っているのか理解できなかった。

身体中の熱が下腹部に集まり、出口を求めて暴れている。手の動きに従って、快感の兆しのするほうへと真っ直ぐに向かった。

「ああ――っ」

目の前に光が見える。それが広がってきて、つむぎを包んだ。壮絶な快感がうなじから背中、腰、それから尾房の手に包まれた性器を走り抜けていった。

声を上げているはずなのに、自分の声が遠くから聞こえている気がする。うなじを柔らかいものが滑っていき、気持ちよくてまた声を上げた。

光はまだつむぎを包んだままで、凄《すご》く温かくて、なんだか安心する。

ファサファサと肌触りのいいものが、つむぎの頬《ほお》を撫でた。なんだろう。凄く懐かしい。

ああ、毛皮だと、朦朧《もうろう》としながら思った。

光に包まれていたつむぎの身体が、今はフサフサの毛皮に包まれていた。

「お前はこれが大好きだものな」

うん。とても好きだ。一番好き。大好きだ。

深く分厚い毛皮に埋まりながら、つむぎはコトンと眠りに落ちた。

翌日、つむぎは庭で草むしりをしていた。尾房は家の中で柱の補強作業をしているようだ。昨日と同じ、トンカントンカンと、釘を打ちつける音が家の中から聞こえてくる。

豊満な美女に化けて尾房をメロメロにする作戦は完全に失敗し、自分のほうが散々な目に遭わされた。逃げようとしても許してもらえず、身体中を撫で回され、いやらしいことをたくさんされた。大きな声で鳴かされて、最後にはグッタリとなり、そのまま尾房の布団で寝入ってしまったのだ。

朝起きたら尾房のほうが先に目を覚ましていて、機嫌のいい声で挨拶《あいさつ》をされた。寝ている間、ずっとつむぎの寝顔を見ていたらしい。完全に寝入っていて、耳や尻尾が出てしまっていたのではと慌てたが、尾房が何も言わないから、正体はバレなかったらしいとホッとした。

「でも、またあんなことをされたら、今度こそ尻尾、見られちゃうかも……」

昨夜の出来事を思い出し、つむぎは両手で自分の頬を挟んだ。顔が熱く、目の前が赤くなるようだ。恥ずかしさでそれこそ尻尾や耳が飛び出してしまいそうだ。

「尾房のすけべ」

あんな涼しい顔をして、やることの大胆さといったら……。

そこまで考え、ブンブンと首を振り、昨夜の恥ずかしかった出来事を頭から追い出そうとした。

「とにかく！　尻尾は出さずに済んだんだから大丈夫。今度こそとか、そんなのあるわけないし、させないし！　何言ってんだ、おれは」

昨日のあれはアクシデントであって、油断した自分が悪いし、でももう油断しないし、だから尻尾なんか出さないし、次の機会なんか訪れないし、そんなことはさせないし。

「……絶対させないし！」

自分に言い訳をして、一人で狼狽《うろた》えながら、途中であれ？　と気がついた。尻尾を出さないようにと必死になっていたつむぎだが、どうして隠そうとしたんだっけと、ふと思ったのだ。

何事にも動じない尾房でも、布団に入り込んできた人間から尻尾が飛び出たら、いくらなんでも驚くだろう。夏ミカンとは違う、本物の尻尾だ。おまけにつむぎが人間でなく猫又だと知ったら、すぐにでも逃げ出していたかもしれないではないか。

だけどあの刹那《せつな》、つむぎは尻尾を出すまいと、出したら尾房が驚くからと、必死になって隠そうとしたのだ。どうしてあんなふうに思ったのか。

草をむしりながら考えるが、思い出すのはあの時の尾房の優しい声と、溶けそうなほどの快感の記憶で、そこで思考が停止してしまう。

気持ちよく促されて、見えないから大丈夫と安心させられて……。

「つむぎ。休憩しよう」

ギョッとして顔を上げる。いつの間にか尾房が縁側に立っていた。

「今日は暑いからな、あまり根を詰めるな。ほら、水を飲むか？」

日陰に来いと手招きされ、尾房のいる縁側まで行き、コップを渡された。

冷たい水が喉を過ぎ、そのまま一気に飲み干してしまう。自覚はなかったが、相当喉が渇いていたようだ。

ふは、と息を吐くつむぎを、尾房が笑顔で見つめている。どうしていつもそんなに嬉しそうなのだと、こっちが仏頂面になってしまうが、そんなつむぎにますます笑みを深め、尾房がつむぎを見つめる。

「だいぶ捗《はかど》ったな」

ボーボーだった草がすっかりなくなった庭に目をやった尾房が、「偉いぞ」とつむぎを褒めた。挙動不審のつむぎに対し、尾房は相変わらず動じない。

「あれは、梅の木か」

庭の隅に植わっている枯れ木を指し、「桜じゃないんだな」と、尾房が言った。

「うん。梅の木。だいぶ前に枯れちゃった。ずっと前は大きい実がいっぱいついたんだけどな。それを奥さんが干して、梅干しを作ってた。梅酒とか、ジュースも」

春の早い時期には白い花を枝いっぱいにつけ、雨の季節を終えたちょうど今頃の時期、青い実をたわわに実らせていた。

「いつか、虫がいっぱいついちゃってな、そしたらボロボロになって、次の年には枯れちゃったんだ」

「そうか」

草木の世話のやり方など何も分からなかったから、そのまま枯れてさせてしまった。あの頃つむぎが手を使えて、もっと知恵があったら、今もあの木は元気に実をつけていたかもしれない。

「梅の木の下に、小さい池があったんだ」

「池？」

「うん。旦那さんが庭を掘って作ったんだ。金魚を入れた」

今はその池も梅の木同様、水が涸《か》れ、枯葉や土で埋まっていき、小さな窪《くぼ》みを残しているだけになっている。

「おれ、池によく落っこちてさ」

猫だった頃の悪戯を思い出し、つむぎは笑いながらその時のことを話す。

「落ちたのか」

「うん。何回も落ちた」

水の嫌いなつむぎだったが、金魚を狙い、ちょいちょい手を入れては落っこちていた。

花びらや葉、梅の実なんかが浮かんでいると、懲りずにそれを狙って水に手を入れ、豪快に飛び込んだりしたものだ。

「子どもだったからな、葉っぱとか花とか浮かんでると、おれが手を置いても沈まないいんじゃないかな、もしかして歩けるかも……、なんて思って、何度も挑戦してた」

馬鹿だろ？　と笑いながら尾房に聞いたら、尾房も笑いながら「そうだな」なんて言うから、膨れっ面になる。

「なんだよ。そういう時は否定するもんだろ、普通は。その頃は子どもだったんだから」

「今もそこに池があったら、お前は飛び込むんじゃないか？」

「やらないよ！　大人だし！」

尾房がくっく、と喉を鳴らした。

「中に入ろうか。食事を作るのを手伝ってくれ」

ひとしきり笑った尾房がそう言って、立ち上がった。

「お稲荷《いなり》さんを作ろう」

「お稲荷さん？」

「ああ、油揚げにご飯を詰めたものだ。お揚げがたくさんあるからな」

「ふうん」

「美味いぞ。つむぎもきっと気に入る」

吊り目をほっそりと窄め、尾房が笑う。

そういえば、昨夜のうどんにもそれが載っていた。お揚げが好物なんだなと思ったら、なんだか笑えてしまうつむぎだ。

台所へ行くと、煮汁を染み込ませた油揚げが、ホカホカと湯気を立てて並べられていた。冷ます間に中に詰めるご飯の用意をすると言われ、手伝わされる。

しらすに桜エビ、牛蒡《ごぼう》や花わさび、貝の佃煮《つくだに》、昆布、鰹節など、好きな物を混ぜていいと言われ、つむぎは具を選び、刻んでご飯に混ぜた。自分の好きな食材がたくさん並んでいて、お稲荷さんはとてもいい食べ物だと思った。一生懸命具材を混ぜているつむぎに、尾房も上機嫌でいろいろとアドバイスをくれた。

甘辛く煮てあるしじみの身をコッソリ口に入れ、次にはエビもつまみ食いする。尾房は何も言わず、つむぎが混ぜたご飯を俵型に握り、それを三角の揚げの中に入れていた。

興味津々で尾房の手元を見ていたら、やってみるかと言われ、挑戦してみる。

「これ、ベタベタするぞ」

掌にご飯がいっぱいくっついてしまい、ペロペロと舐める。甘じょっぱいご飯が美味しくて、油揚げに入れる前に全部食べてしまったら、「豪快なつまみ食いだな」と、尾房に笑われた。

「ふわっと軽く握ってごらん。握り潰さずに」

次は言われた通りに軽く握ってみる。いびつな握り飯がやっとできるが、それでもだいぶ掌にくっついてしまった。残った飯粒をまた舐め取ろうとすると、尾房が濡れた手拭《てぬぐ》いで拭いてくれた。

「お稲荷さんが出来上がる前に、全部食べられてしまいそうだ」

呆《あき》れ顔をして、つむぎの掌に残った飯粒を摘まみ、自分の口に持っていく。

「尾房だって食ってるじゃないか。つまみ食いだ」

「これは後片付けだ」

そう言って、つむぎの口の横についた飯粒も指で掬《すく》い上げ、ヒョイと口に放り込む。

「いい味だ」

「そうだろ?」と威張ると、目がほとんどなくなるぐらいに細めた尾房が、「夢のようだ」と呟いた。

自分の作ったお稲荷さんを自画自賛する尾房が可笑《おか》しくて、つむぎも笑う。目を糸みたいにしながら、尾房の眉が下がり、笑っているのに泣き顔のように見え、ますます可笑しくなり、「変な顔」と言った。

途中で食べたり、足らなくなった具をまた作ったりしながら、お稲荷さんを十五個作った。はまぐりが入ったうしお汁も出来上がり、二人して茶の間に運ぶ。

ホコホコと磯の香りを漂わせたうしお汁は優しい味がして、お稲荷さんも美味しかった。

尾房はずっと目を細めた笑顔のままで、なんというか、蕩《とろ》けそうな顔をしている。なんでそんな顔をするのだと訝《いぶか》しく思うのだが、尾房のそんな表情を見ていると、なぜだか胸の辺りがざわざわ、どきどきして、つむぎは何度も箸を落としてしまった。

尾房の直した柱は家をしっかり支えているようで、風が吹いても家がギシギシいわなくなった。卓袱台はピカピカの飴色を保ち、懐かしい食器も綺麗に洗って使っている。

何より人のいる匂いと温かさが家の中にあり、それだけでつむぎの顔も緩んでしまうのだった。

何年も、たぶん何十年も、つむぎはずっと一人でここにいた。空腹も感じないまま時を止め、ここを守ることだけを考え、存在し続けていたのだ。

「……なあ、やっぱりここを出ていかないといけないのか？」

五つ目のお稲荷さんを口に運びながら、つむぎは不安を言葉にした。

「どうしても、この家を壊さないといけないのか？」

町はどんどん迫ってきて、人間も増えている。今まで何度もここへやってきた人間を追い出してきたが、それが成功していたのは、人間がそこまでこの家に執着していなかったからだと、薄々知っていた。

町に住む猫や猫又たちが会議を開き、対策を練っても、それは自分たちが被る害をどうやったら最小限にできるかということに終始していて、結局人間自体を町から追い出そうということではないのだ。譲歩し、諦め、そうしながら自分たちが生き延びる方法を考え、協力し合っている。

人間が本気になったら、つむぎの抵抗などなんの影響ももたらさない。ダンプカーのような大きな車で壁も門も柱も根こそぎなぎ倒し、全部失くしてしまうんだろう。

それをするために、尾房はここへやってきた。仕方がないことだと説得されても、やはりどうしても諦めきれない。

だって、ここがなくなったら、つむぎは居場所がなくなる。

猫の仲間でもなく、猫又としても認めてもらえない自分は、どうすればいいのか。

「大事な思い出の品は全部持ち出そう。墓もちゃんと改葬してあげるよ」

尾房の慰めるような声に、「けど……」と反論しようとするが、尾房は静かな表情のまま、「仕方のないことだ」と言って、柔らかく眉を下げる。

「いずれここは町に呑み込まれる。山も切り崩され、平らな土地になり、道ができる。その前にここを綺麗にして、きちんとすべてを済ませ、それから出ていこう」

「けど……っ」

「つむぎがいくら頑張っても、どうすることもできないんだよ。まだ少しは時間がある。それまで気持ちの整理をするのがいい。私もできるだけ手伝いをしよう。お前の大事にしているものを、私は決してなくさない」

優しく言われるが、尾房の言葉は矛盾していると思う。

「お前の気持ちは分かるよ。つむぎ」

一番大事なのは、この家だ。いくら物を持ち出しても、それは思い出の残骸《ざんがい》でしかない。ここがなくなるということは、すべてが無になるということなのに。

「……なんにも分かってない」

そんなふうに優しく慰められても、この人間がつむぎから大切なものを奪おうとしているのは変わらないのに。

「つむぎ」

尾房の声に、返事の代わりに強い視線で睨んだ。慈愛の籠ったような目で、なんでも知っているという顔が、無性に癇《かん》に障る。

「おれはここから出ていかない。絶対にだ。ここが壊されてなくなるなら、おれも一緒に消えてやる」

それくらい大切なもので、つむぎはそのために生き永らえ、家の持ち主が居なくなっても尚《なお》、猫又になってまで存在し続けているのだから。

「瓦礫《がれき》に一緒に埋もれて、おれも死ぬ。ずっとここに、この土地で眠ることを選ぶ」

人間の説得など関係ない。つむぎはつむぎのしたいように行動し、それが叶えられないなら、消えてなくなってしまえばいい。

「そんなことを言うな、つむぎ」

「ここがなくなったらおれのいる意味がない」

「それは違う」

「違わない。だって、約束したんだ。絶対にここを守るって。ずっとここにいて、この家を見守るんだ」

旦那さんと奥さんと過ごしたこの家に居続けることが、つむぎの存在価値だから。

「お前の言うその約束は、真実なのか？」

低く、冷たくも聞こえる声に、え、と尾房の顔を正面から見つめた。言っている意味が分からない。

「お前が交わした約束は、本当にここを守るというものだったのか？」

さっきまで目を細めて柔和な笑顔を作っていた尾房は、今はお面のような動かない表情をして、真っ直ぐにつむぎを見つめている。

吊り上がった切れ長の目は涼しげで、……冷たく、ゾッと毛が逆立つほどだ。

「どうしてそこまで執着するのか、本当に心に決めていることがなんなのか、つむぎ、よく考えてみろ」

「そんなの」

「よく考えて、……思い出せ」

本当に約束をしたのか、その約束とは、本当にこの家を守るということなのか。他にも誰かと約束をしなかったか。それはいつ、誰と交わしたのか。思い出せと、尾房が繰り返しつむぎに問う。

ずっと、ずっと、消えてなくならない。それは約束をしたから。

――誰と……どんな約束を?

考え込むつむぎだが、だけど何も浮かばない。約束は確かにした。つむぎはあの頃まだ猫だったから、直接旦那さんや奥さんと言葉を交わしたわけではないが、旦那さんの骨を埋めたあの墓の前で、ここにいると、だから心配しないでと、心に誓ったのだ。

「覚えてる。ちゃんと約束した。だからおれはここを出ていかない。他に約束なんてしていない」

きっぱりと言い切るつむぎを、尾房が瞬《まばた》きもせずに見つめている。冷たい表情は変わらず、ほんの少し悲しそうに見えた。

「なんだよ。尾房の言ってることが、おれにはよく分からない」

それ以外の約束など、思い出そうと思っても、一つも思い浮かばない。当たり前だ。つむぎが関わったのは、あの夫婦以外にはないのだから。

「……分からないか」

溜息をつかれ、わけが分からないまま、腹だけが立った。なんでこんなふうにがっかりされなければならないんだろう。

ない記憶を思い出せと無理やり言われ、思い出せないつむぎに勝手に落胆している。自分が悪いことをしているような気さえさせられるのだ。

「思い出せなんて言われたって、だって……なんにもないもの」

シャツの胸の部分を摑《つか》み、ぎゅっと握った。ここが刺されたみたいに、痛い。

「……つむぎ、悪かった。お前を責めているわけじゃない」

顔を上げると、尾房が「すまない」と、もう一度謝った。

「食べような。お稲荷さんもまだたくさんある。お前の好きなしじみもしらすも入っているぞ？　うしお汁も冷めてしまったな。温かいのを持ってこようか」

身を乗り出すようにして、尾房がつむぎの顔を覗いてくる。

「お代わりしないか？　はまぐりを二つ入れてやる。好きだろう？」

伸ばされてくる手に、椀《わん》を渡した。「三つ入れて」と言ったら、尾房が笑い、「分かった」と立ち上がった。

「大きいのだぞ」

「ああ、一番大きいのをよそってやる」

台所へ向かう背中がホッとしているように見え、つむぎが機嫌を直したからなのかなと思ったら、刺すようだった胸の痛みがすっと取れた。

その日の夜、つむぎは尾房の隣に敷かれた布団の中にいた。

他所で寝ると頑張るつむぎに、尾房が「布団がここにあるのにどうして？」と言って譲らず、引っ張り込まれるようにして隣の布団に寝かされたのだ。明日のご飯はつむぎのリクエスト通りになんでも作ってやると言われたのにもぐらついた。要は食べ物に釣られてしまったわけである。

機嫌を取ろうとしたってほだされないぞと思いながら、明日のご飯は何を頼もうかなんて考える。おかかをまぶしたお握りと、焼き魚とそれから……と、考えるのが楽しかった。

普通の猫でいた頃は、よく夫婦からおかずを分けてもらった。焼き魚や海藻、特に貝は大好物で、食卓にそれが上がると、卓袱台の上に背伸びをしてねだっていたものだ。

猫又になってからは食事をすることなど忘れていたのに、今は頭の中に好きだった食べ物を並べ、楽しみにしている。

今日食べたお稲荷さんも、うしお汁も美味しかった。昨日のきつねうどんも。

栄養も味覚も、猫又には必要がなくとも、尾房が言ったように、前と同じように繰り返すのは、とても満たされることなのだと、改めて思った。

今横たわっている布団の柔らかさも、畳の匂いも懐かしい。

生活の匂いを嗅ぎながら、明日のご飯のことを考えていると、隣に横たわっている尾房が動く気配がした。衣擦《きぬず》れの音がして、次にはぽん、とつむぎの寝ている布団を叩いてくる。

「つむぎ、こっちへおいで」

「……行かない」

「じゃあ、私がそっちへ行こう」

「なんでだよ！」

布団が捲《めく》られ、尾房の身体がするりと入ってきた。

「来ていいって言ってない」

「私が来たかったからいいんだ」

邪険な声を出すつむぎに、尾房は相変わらず悪びれない。

横になって丸くなっているつむぎの身体を、尾房が包むように抱きしめてきた。身体を硬くしてもっと丸まろうとしたら、「怖がるな」なんて言うから、シャー、となった。

「怖くない」

「ではどうしてそんなに小さくなっているんだ？」

声が笑っているから、ますます意固地になる。

「おれは、いつも寝る時はこうなの！　っていうか、あっち行けよ」

「嫌だ」

ぎゅう、と抱きしめてきて、尾房の大きな身体がピッタリとくっついた。

「離れろよ」

昨日の夜のようなことになったら困るので、懸命にあっちへ行けと訴えるが、尾房の身体が離れない。

「昨日みたいなのは、しないからな！」

「なぜ？」

耳元に息を吹きかけるようにしながら尾房が言い、負けるものかと固く目を瞑った。

昨日と同じようなことをされたら、今度こそまずい。すでに腰の辺りがムズムズし、尻尾が飛び出しそうなのだ。

「昨夜はあんなに嬉しそうに鳴いていたじゃないか」

「そんなことないし！」

「私はとても嬉しかった」

抱きしめている手が丸まっているつむぎの腹の間に潜り込み、さわさわと撫でている。

唇で耳を食《は》み、「本当だよ」と、また息を吹きかけてきた。

「駄目！　絶対！」

「絶対？　駄目か？」

耳を噛みながら尾房が言い、つむぎは身体を硬くしたままコクコクと頷いた。

だって、尾房の前で尻尾を出したくないのだ。

頑なに拒絶しながら、つむぎは必死に腰のムズムズと戦っていた。

尾房はつむぎをこの家から追い出そうとする敵だが、それと同時に家を直してくれた恩人でもある。屋根や床の穴を塞いでくれ、柱も真っ直ぐにしてくれた。美味しいご飯も作ってくれ、つむぎにいろいろなことを思い出させてくれた。

それは尾房が望んでいるような記憶ではないが、つむぎが猫でいた頃の幸せだった日々を、確かに思い出させてくれたのだ。

だからつむぎは、尾房に自分の正体を知られたくないのだと、今はっきりと自覚していた。知られたら怖がられる。怖がらないかもしれないが、確実に嫌われる。そしたら尾房はここから出ていってしまう。

そんなことを考え、つむぎは懸命に我慢をしているのだった。

「……分かった。何もしないよ」

つむぎを抱きしめたまま尾房が言った。大丈夫だからと宥《なだ》めるように、お腹に入り込んだ手で、ポンポンと軽く叩く。

「だけど、このまま一緒に眠るのはいいか？」

阿《おもね》るような声で「それくらいは許してほしい」と言われ、つむぎは悩んだ。油断のならない男だから、信用できない。だけどそれすらも駄目だと言ったら怒るかな……と、そんな心配をしてしまう。

「変なことしないか？」

「しない」

「絶対に？」

「絶対に。私はお前との約束は、何があっても守るよ」

真剣な声で添い寝がしたいのだと哀願され、それならまあと、許可することにした。

「なら……いいよ」

つむぎの声に、耳元にある尾房の唇がふっと和み、「ありがとう」と言った。嬉しそうなその声に釣られて、つむぎの口元も緩む。

こんなことぐらいで、そんなに嬉しがるならいくらでも……などと考え、いやいや、違うと、激しく首を振った。

どうにもこの男のペースに巻き込まれてしまう。悔しいけど、抱っこされて寝るのは嫌でもないな、なんて思ってしまうのがまた悔しい。

悶々《もんもん》と考えているつむぎの後ろでは、尾房がゆったりと寝そべっている。拘束されていた腕の力は緩んだが、それでもやっぱりつむぎのお腹を抱いたまま、ゆっくりと撫で続ける。

温かい手の感触に眠気を誘われ、丸まっていた身体がだんだんと緩んできた。

こんなふうにお腹を撫でられるのが好きだったなあと、トロンとしたまま考えた。外は真っ暗だけど、縁側で日向ぼっこをしているような気分だった。温かくて気持ちよくて、このままいい夢が見られそうだ。

「そんなに無防備になられると、我慢するのが大変だ」

尾房が苦笑している。なんだよと文句を言いたいが、身体が蕩けきっていて声が出ず、代わりにゴロゴロと喉が鳴った。

「心地好いか……？」

満足そうな声が聞こえ、指が頤《おとがい》を撫でてくる。顎を上げ、ウットリとしながら細い指を受け入れた。

微睡《まどろ》みのなかで、温かくて柔らかい物に包まれていた。フサフサの毛皮がつむぎの身体を包んでいる。

懐かしい匂いと肌触りに、つむぎは眠りながら、ああ、また昨夜と同じ夢を見ていると思った。昨夜見たばかりの夢なのに、酷く懐かしい。

「ゆっくりでいいから……」

低く、優しい声が耳元で響く。

――どうか思い出してくれと、切なげな声がした。

縁側で日向《ひなた》ぼっこをしていたら、頭上から蝉《せみ》の声がした。

「お、蝉が鳴いた。夏か」

ミンミン、ジー、というあの声を聞くと、空が青く高くなり、夏になるのだ。

縁側にはつむぎ一人で、今留守番をしている。尾房は軽トラックに乗って、町まで買い物に出かけている。

尾房がここにやってきてから、十日が経っていた。

草ボーボーだった庭は綺麗《きれい》に雑草が取り除かれ、庭の隅にある夫婦の墓の前には、鮮やかな切り花が供えられている。水をかけて洗ったから、どちらの墓石もピカピカだ。

蝉の声を聞きながら、つむぎは縁側でゴロンと横になった。陽射しは強いが、弱るほどは暑くない。こんな日がずっと続けばいいのになあと、白い雲がゆっくり移動している空を眺めていた。

ボロボロだった家は住みやすく修繕され、毎日の食事も美味《おい》しく、夜はフカフカの布団に包《くる》まる。尾房は一度添い寝を許したら、その後も当然のようにつむぎの布団に入ってきて、つむぎを抱いて寝る。約束通り変なことをすることもなくなった。だからつむぎも安心して、毎夜、いい夢を見ながら眠りに就くのだ。

「ずっと続いてほしいのに……」

綺麗になったこの家に、今までと同じように住み続けたいつむぎだが、尾房は無理だと言う。なんにでも寛容な尾房なのに、この一点だけは絶対に譲ってくれないのだ。

今も町に買い物に行っているが、たぶんそれだけではなく、墓の移転先も探しているのだと思う。この前町から帰ってきた時に、ここはどうだ？　と、地図と写真を見せてきたからだ。

そんなものは見たくないと突っぱねたつむぎに対し、尾房も諦《あきら》めた様子はなかった。尾房は墓の移動先ばかりではなく、つむぎのこれからのことも考えているらしくて、心配するなと、何度も言われた。悪いようにはしないと尾房は言うが、それこそ無理なことだと思う。

なぜならつむぎは人間ではないからだ。

尾房はつむぎが猫又だと知らないから、この家がなくなった後のことを心配し、あれこれと世話を焼こうとしているのだ。

余計なことをと鬱陶《うっとう》しく思う反面、気にかけてくれていることを、嬉《うれ》しくも思う。つんとした狐目《きつねめ》で、時々意地悪も言うが、実はとても情が深い人間なのだと、この十日間で理解した。

放っておけば自然に倒壊してしまうだろう家をわざわざ修繕してくれたのも、墓の移転先を探してくれるのも、すべてつむぎのためだ。そしてこの家がなくなった後のつむぎの行き先のことまで考えてくれる。

どうしてそこまで親切にしてくれるのか、つむぎには分からない。尾房はつむぎに何かを思い出してほしそうにしているが、まったく思い当たる節がなく、最近はそれを辛《つら》く感じていた。

あまりに尾房が熱心なので、本当に自分は忘れているだけなんだろうかと、何度も思い出そうとした。時々ふと、懐かしい感覚に陥る時はあるが、やっぱり何も浮かんでこず、そのたびに尾房が落胆するのかと思うと、思い出そうとする行為すら苦痛になってくるのだ。

「いつかはここを離れないといけないんだろうな……」

尾房の前では頑として拒絶しているつむぎだが、心の底では仕方のないことだと諦め始めていた。町は広がり続け、人間も増えていく。自分の居場所はもうどこにもなくなってしまうんだろう。

縁側で考え事をしていて不意に視線を感じ、そちらを向くと、すぐ目の前に子どもが二人立っていた。

「うわ！」

足音も気配もまったくないまま、こんな近くに人がいたことに驚き、つむぎは飛び上がった。

並んで立っている二人は八歳ぐらいの子どもで、白衣《しろきぬ》に緋袴《ひばかま》の巫女《みこ》装束を纏《まと》っている。髪の毛は真っ黒なおかっぱで、てっぺんをちょんまげのように一つにくくってある。双子のようによく似ていた。きつく吊《つ》り上がった目は男の子のようであり、さくら色のぷっくりした唇と白い肌は、女の子のようでもある。

「何？　……誰《だれ》？」

ドキドキが収まらずに胸を押さえながら声を出すが、庭先に並んだ二人はつむぎには答えず、お互いに顔を寄せ合い相談をし始めた。

『これが例の……あれか？　きよ様の』

『そうだと聞いたが、随分と様子が違うのう。間違いじゃないのか？』

『きよ様がそんな間違いをするかのう？』

『しかし、噂《うわさ》に聞いていたのとはまるで違うぞ？』

『そうだな。貧相すぎる』

『貧相だな』

ヒソヒソと話し合っている声は聞き取りにくいが、言っていることはつむぎにもなんとなく分かる。きよ様というのは、尾房のことだろう。確か初めて会った夜に寝ぼけながら親しい者にはそう呼ばれていると言っていた。

そして「例のあれ」とはつむぎのことのように聞こえるが、なんだか失礼な感じだ。

「尾房なら今ここにはいないぞ。あいつ、町に買い物に行っている」

尾房に用があって来たのだと思い、つむぎがそう教えてやると、二人は同時にこちらを向き、細目をまん丸に剝《む》いた。さくら色のおちょぼ口が「お」の形に固まるのも二人同時で、からくり人形を見ているようだと思った。

『貴様、今なんと言ったか』

目を剝いたままおかっぱの片方が言い、つむぎは「ん？」と首を傾《かし》げた。

「何って？　尾房を訪ねてきたんだろ？　だからあいつは今いないって……」

『またもやその名を！　無礼者！』

激怒しているように見えるが、なぜなのか分からない。

「なんで？　だって尾房だろ？　何が悪い……」

つむぎの言葉を遮るようにして、二人揃《そろ》って『きぃいいい！』と叫ぶ。

『一度ならず二度ならず三度までも！　我らがきよ様を「尾房」「尾房」「尾房」と連呼した上、あいつ呼ばわりしおって。許さん！』

どうやら二人は、つむぎの尾房に対する呼び方が気に喰《く》わなかったらしく、おかっぱを振り乱してキィキィ言っている。無礼者とつむぎを罵《ののし》るわりには、自分たちも「尾房」を連呼していることには気がついていないようだ。

勝手にやってきて怒り狂っている二人に困っていると、二人はまた顔を寄せ合い『どうするか』と相談をし始めた。

『出直すか？』

『しかし一刻を争う事態だ』

『それはそうだ。では待つか。……しかし』

そこで言葉を切り、二人同時につむぎを見る。

「……なんだよ」

『これが邪魔だな』

『ああ、邪魔だ。これがいると事が運ばない』

『一刻を争うのに、邪魔者がいる』

「おい、邪魔者っておれのことか？　お前らちょっとさっきから失礼だぞ」

つむぎのことをあれだのこれだの呼ばわりし、挙句に邪魔者扱いだ。

「ここはおれの家なんだぞ。勝手に入ってきてなんなんだよ」

子どもとはいえ悪いことは悪いと、ちゃんと躾《しつ》けなければと説教をするが、おかっぱの二人組はつむぎのことなどいないようにして、また二人で向き合い会話を始めた。

『待っているのも時間が惜しい』

『そうだな。事態はひっ迫している』

『迎えにいこう』

『そうしよう』

相談事が決まったようで、二人はつむぎに挨拶《あいさつ》もなしに、庭を回って出ていった。

「……なんだったんだよ、いったい」

気配もないまま目の前に現れ、喋《しゃべ》り出したら嵐《あらし》のようだった。そしてつむぎを罵るだけ罵って、風のように去っていく。

「迎えにいくって言ってたな」

尾房は今町に出かけている。あの二人は町まで行くのだろうか。ここから町までかなりの距離があるが、あまり問題にはならないんだろうなとつむぎは思った。

突然目の前に現れたことといい、時代錯誤な口調といい、普通の人間ではない雰囲気を、あの二人はあからさまに発していた。

たぶんあれらは、つむぎと似通った者たちだと確信する。

だけどそうなると、重大な問題が一つ発生するのだ。

「尾房って、何者……？」

あのおかっぱたちが人間でないとなると、二人が「きよ様」と親しげに呼んでいる尾房はどういう存在になるのか。

二人の去っていった方向に目をやり、つむぎも庭を回った。二人の後を追ってみることにしたのだ。

門を出ると、遠くまで見渡せる一本道の右にも左にも、おかっぱ頭の姿はなかった。つむぎはその場で猫になり、こっちと決めた方向へと走り出した。

さっきはまったく油断していたため、すぐ目の前に現れるまで二人の存在に気がつかなかったが、つむぎだって猫又の端くれだ。鼻を利かせれば気配は探れる。それに、二人は隠す気もないようで、道には妖気《ようき》がしっかりと残っていた。

妖気を辿《たど》って道を行きながら、つむぎはついさっきの二人の会話の内容を思い起こした。自分たちが人間ではないことを隠そうともせず、そんな態のまま尾房のことを「我らがきよ様」などと呼んでいた。吊り上がり気味の目は三人に共通していて、同族を思わせる。

そして「一刻を争う」という言葉が気になった。尾房の身に何か危険が迫っているのだろうか。それは自分と関係のあることなのか。

尾房は何度もここから出ていくことを、仕方がないことなのだと言い、つむぎを説得していた。真剣さはあったが、急いでいたふうもなかったので、つむぎも差し迫った問題として捉《とら》えることもせずに、嫌だ、駄目だと駄々を捏《こ》ねていたのだ。

「おれの……せいなのかな」

道をひた走りながら、心臓がドキドキする。一刻を争う事態が、今すぐに起こってしまったらどうしよう。尾房に危険なことが降りかかったら……。

おかっぱたちの妖気を辿って一心不乱に走った。走らずにはいられなかった。走るのをやめたら、途端に不安が背後から追いかけてくる。だから二人の残した妖気を頼りに、何も考えずにただひたすら土を蹴《け》る。

土から砂利道になり、そして舗装された道路になり、大きな分岐点に着くと、道の脇《わき》に尾房の乗っていた軽トラックが停まっているのを見つけた。中を覗《のぞ》くが尾房は乗っておらず、おかっぱたちの姿もない。

辺りを見回すと、道路から逸《そ》れた少し先に森があり、つむぎはそちらへ向かった。この辺はまだ開発途中らしく、だいぶ自然が残っている。尾房はここでおかっぱたちと出会い、そのまま人気のない森の中に入っていったようだ。

車の轍《わだち》も人の足跡もない道は段々と細くなり、やがて完全な獣道になる。つむぎはそこで走るのをやめ、足音を忍ばせた。草に隠れるようにして静かに進んでいく。

獣道の先にある小さな空き地に、尾房がいた。おかっぱたちの姿はなく、尾房の前に二匹の子狐が行儀よく座っているのが見える。

つむぎは出ていかずに草むらに身を潜め、一人と二匹の様子を少し遠くから眺めた。相手が人間ならここまで警戒はしないが、そうでないならつむぎも妖力を使う。気配を完全に消すのは、猫又の得意とするところだ。

子狐たちはつむぎが潜んでいるのも気づかずに、一生懸命話していた。『きよ様』と、子狐の口からハッキリとした言葉が聞こえてくる。

「お前たち、こんなところまで来て……。危険だろう。いけないよ」

身を屈《かが》めた尾房が子狐たちに向かい、滔々《とうとう》と説教をしている。

『ですがきよ様。あまりにもきよ様のお帰りが遅く……。如月《きさらぎ》も弥生《やよい》も心配で』

『きよ様のおられない御房稲荷《おふさいなり》は、まるで火が消えたよう』

『寂しゅうございます、きよ様』

ケーン、ケーンと鳴きながら、子狐も尾房に訴える。

『神社へはいつお帰りになられますか？』

「お前たちの寂しい気持ちは分かるよ。如月、弥生。だが、もう少し待っていておくれ」

二匹の子狐の名前なのだろう、月の名を呼びながら、尾房が宥《なだ》めるようにそう言った。

『大神使《だいしんし》様も、気を揉《も》んでおられます。早くあの化け猫を退治してしまえと！』

『そうです。あの小賢《こざか》しい猫又からきよ様の奉玉を取り返してくださいませ！』

二匹の子狐が叫び、尾房は困った顔をして「そんなことを言ってはいけない」と、二匹を宥めている。

「大神使がそんなことを言うはずがないよ」

『いいえ！　……言わずとも、わたしたちには通じるのです』

『そうです。あの猫がきよ様から奉玉を盗んだせいで、きよ様は神格を落とされたのではありませんか』

『もともとはきよ様の物なのです。それをあの猫が……っ！』

「それは違う。如月、弥生、よくお聞き」

『いいえ！　如月も弥生も知っています。大悪党のあの猫又を退治しようとして、きよ様は戦ったのでしょう？　何十年にも亙《わた》る戦いだったと聞きました』

「それはそうだったが、……昔の話だ」

『きよ様に尾を切られた化け猫が、代わりに大切な奉玉を盗んで逃げたと』

『そのせいで、きよ様は五百年もの間、ご苦労なさったのではないですか』

『だから、ずっとあの猫の行方を追っていたのでしょう？』

『ならばあの猫又からすぐに奉玉を奪い返し、神社に戻ってくださいませ』

尾房と子狐たちの話を、遠くから盗み聞いていて、つむぎは混乱した。

子狐の言う化け猫だとか、大悪党だとかは、いったい誰のことを指しているのか。

さっきつむぎの家を訪ねてきた時、つむぎのことを「例のあれ」と言っていた。今の会話も、つむぎのことを言っているように聞こえるのだ。

だけどつむぎにはまったく身に覚えがない。しかも五百年なんて、つむぎはそんなに長い間、生きてはいない。

「いいかい二人とも、あの猫、……つむぎは、前世のことをすっかり忘れているんだよ」

尾房の言葉に、つむぎはガンッと頭を横殴りにされたような衝撃を受けた。

『それがどうしたというのです。覚えていようが忘れていようが、奉玉はきよ様の物なのですから』

「あれを今つむぎから奪ってしまえば、彼はすぐさま消えてしまう」

『いいではないですか。奉玉がなければ、尾のない猫又など、とうてい転生することなどなかったのですから。消えて当然でしょう』

「そんな酷《ひど》いことを言ってはいけないよ。いいかい、二人とも、私の話をよくお聞き」

『とにかくきよ様、こちらでのお仕事を早く終えられて、神社にお戻りくださいませ』

焦《じ》れたように子狐が『お戻りを！』と叫び、尾房は「まあまあ」と、二人を宥めた。

「そうすぐには解決できることではないんだよ」

『そうは申されましても、きよ様が取って代わられた調査員の人間が、あと数日もしたらやってきてしまいます。偽者とバレたら、きよ様の身に危険が』

「大丈夫だよ。その時はその時だ」

おどけたように尾房が笑い、それでも子狐は納得せず『ですが』『ですが！』と尾房の足元でぴょんぴょん跳ねる。

『もう駄目なのです！　事態はひっ迫しています！　一刻の猶予もないのです！』

『そうなのです！　如月も弥生もこれ以上は我慢ができません！』

悲鳴のような声を上げ、二匹同時に『モッフリを！』と叫んだ。

『きよ様のいない御房稲荷は火が消えたよう』

『モッフリのない生活がもう耐えられません』

『どうか、きよ様！』

交互に跳ねながら、子狐が『モッフリを！』『モッフリを！』と、尾房にねだった。

子狐たちに切願された尾房が笑いながら溜息《ためいき》をつく。

「お前たちは、……仕方がないな」

『モッフリを！』

後ろで一つに縛っていた髪の毛を解き、尾房が空を仰いだ。『おお！』と期待の籠《こも》った声を上げ、子狐たちがそんな尾房を見上げている。

風が吹き、つむじ風が尾房を包んだ。巻き上げられた草で、一瞬尾房の姿が見えなくなる。

風が止《や》んだ時、そこに現れたのは、見事な銀色の毛皮を持つ、大きな狐だった。

『きよさまぁ！』

子狐が叫び、ボフ、とその懐に飛び込んだ。銀の毛皮に埋《うず》まりモフモフモフと、その毛触りを堪能《たんのう》している。

『これこれ、これでございます。恋しゅうございました』

『なんて素敵な毛皮なんでしょう』

『フッカフカでございます』

『蕩《とろ》ける肌触りは高級布団にも劣りませぬ』

恍惚《こうこつ》の声を上げている二匹の子狐を懐に入れ、大きな銀狐が目を細め、笑った。

もこもこになって固まっている三匹の狐を眺めながら、つむぎはそっとその場から遠ざかった。

奉玉、転生、前世、五百年……。

道を戻りながら、今聞いた言葉を一つ一つ並べ、繋《つな》ぎ合わせ、つむぎは徐々に理解していった。

自分は生まれるもっと前、――五百年以上も昔に、尾房から大切な物を盗んだまま一旦は消え、再びこの世に生まれてきたのだろう。そして尾房はそれを追い、奪い返そうとつむぎに近づいたのだ。

「だからおれは……こんななのか」

猫又の象徴である長い尻尾《しっぽ》もないのにつむぎは猫又になった。猫の仲間にも、猫又にも敬遠され、お前には別の獣の臭《にお》いが混じっていると言われた。その奉玉というものの力を借りて、つむぎは無理やり猫又になっていたらしい。

そしてつむぎの尾を切った尾房は、奪われた奉玉の行方を追い、つむぎに辿り着いた。

最初から尾房は、つむぎが人間ではなく猫又だと知っていて、知らない振りをしていたのだ。

「返したほうがいいんだろうけど、全然記憶にないし」

奉玉というものがどんなものなのか、自分はそれを今も持っているのか、それはどこにあるのか、まったく分からない。

何度も思い出せと言っていたのは、つむぎに奉玉の在り処《あか》を思い出してほしかったのだ。わざわざあの家を直し、綺麗にしていたのも、家のどこかにその奉玉があることを考え、探していたのかもしれない。

「……酷いな」

親切な人だと思った。飼い主だった夫婦以外の人間と親しくするのは初めてで、だけどあの時とは違う心地好さを感じ、つむぎはすっかり彼のことを信頼していた。

食事を一緒にとり、夜は一緒の布団で寝た。反抗し、喧嘩《けんか》をしながらも、つむぎは尾房との生活を楽しんでいたのだ。

いずれあの家を出なければいけないと諭され、嫌だと反発しながら、どこかで納得していた。尾房がそう言うなら仕方がないと、彼を信じてしまっていた。

「なんだよ。最初から言ってくれればいいのに。……言われてもきっと、わけ分かんなかっただろうけど。っていうか、何も分かんないまま……消えてたほうがよかったな」

会った途端に消されていたほうがましだった。

「でもまあ、大事な物の在り処が分からないんじゃ、……それもできなかったのか。でも、……なんだよ。敵なら敵って、そういう態度でいてくれよ」

家なんか直してくれずに、つむぎのためにご飯なんか作ってくれずに、一緒の布団で寝ることなんかせずに、何も分からないまま消されたかった。

そうしていれば、つむぎは今こんなにも傷つかないで済んだのにと思う。

「なんで優しくなんかするんだよ」

胸が痛くて、潰《つぶ》れそうだ。


一晩中徘徊《はいかい》し、つむぎが家に戻ったのは翌日の朝だった。

本当はこのまま姿を消してやろうかなんて思ったが、結局帰ってきてしまった。この家以外、つむぎには行くところがない。

「夜遊びか？　いただけないな」

庭に面した縁側に尾房がいた。表情はスッキリとしていて、寝ずにいたのかは分からない。

「どこへ行っていた？」

「その辺」

つむぎの素っ気ない返事に、尾房が溜息をついた。

「こういうことはしないでほしい。心配するから」

静かな声で諭されるが、胸に響かない。心配だなんて、どうせ奉玉のことだろうと思うからだ。

「昨夜《ゆうべ》は食事をしなかっただろう。今から食べるか？」

「食べない」

「腹は空《す》かなくても、食べたほうがいい」

「なんで？」

食べなくても平気なのに、どうせ消えていなくなるのに、なぜそんなことをしなければならないのか。

頑《かたく》ななつむぎの態度に、尾房が顔を覗いてくる。目を合わせたくなくて顔を逸らすと、伸びてきた手で肩に触れられた。

何も言わずに尾房の手を払い、一歩後ろに飛び退《すさ》る。

「おれがいないほうが、ゆっくり家の中を探し回れるだろ？」

挑発的なつむぎの言葉に、尾房はなんのことだと首を傾げる。

「昨日、ここに子どもが二人訪ねてきたと思うが、あれは……」

「ああ、来たよ。滅茶苦茶《めちゃくちゃ》失礼な二人組が」

「そうか。まだ世間慣れをしていなくてな。無礼を働いたならすまなかった」

つむぎの不機嫌の原因を、あの二人の訪問と思ったのか、尾房がそう言って謝ってきた。

「急いでいるのに悪いな。おれがなんにも思い出せなくて」

「つむぎ……？」

「おれに思い出してもらいたくて、いろいろやってたんだろ？　おれも思い出したいけどさ、全然分かんないんだよ」

「いいんだ、つむぎ。急ぐ必要はない。いずれきっと思い出すから」

狐目を細め、尾房が笑った。本当はすぐにでも奉玉を取り返したいくせに、おくびにも出さずにそんなことを言う。本当に演技が上手いなと感心した。

ああ、そうか。狐は人を化かすのが得意だから。

「それで、あの二人は、私の遠縁にあたる子どもたちで」

「如月と弥生？　親戚《しんせき》なのか。ふうん。似てるもんな」

子狐の名前を出すと、尾房の表情が一瞬止まり、それから「ああ」と、ゆっくりと緩んでいった。

「……そうか。見ていたんだな」

察しの早い尾房が、昨日のやり取りをつむぎが見ていたことをすぐさま理解した。

「そうか。猫は音も立てずに近づけるからな。まったく気がつかなかった。流石《さすが》だ」

正体がバレても、尾房は動揺する様子もない。

「……すっかり騙《だま》されてた」

「つむぎ、すまない。何も言わずに悪かった。どう説明すればよかったのかと、私も迷いながらだったから」

前世の記憶もないかつての敵から、大切な物をどうやって奪い返そうかと、流石の尾房も思案したのだろう。

素性を隠し、人間の姿のままつむぎの前に現れ、つむぎの正体も最初から知っていて、あえて知らない振りをしていたのだ。つむぎに話を合わせ、懐柔して油断させようとしたのか。どんな作戦を以《もっ》てつむぎに近づいたのか、つむぎには想像もできない。

つむぎだって猫又であることを隠し、尾房に接していた。だからお互い様だと言われたらそれまでなのだが、だけど……。

「……言ってほしかった」

前世で悪行を繰り返し、挙句に尾房の大事な奉玉を奪って保身に走ったのは悪いことだ。それを奪い返そうとするのは当然の権利だと思う。

「覚えてないのは、おれが悪いけど」

「悪くないよ、つむぎ。それは仕方のないことだ」

「仕方ない、仕方ない、って全部それで片付けないで！　騙されてたおれが馬鹿みたいじゃないか。イライラしてんだろ？　おれが、前のことをなんにも知らずに能天気に暮らしていて。家壊すな、墓を守るって、そんなことばっかり言ってるから」

「そんなことはない。お前がここを大切にしていることは、よく分かっているから」

「そうだよ。この家と墓を守って、一生懸命約束守って。それが幸せだったのに……っ！」

　家が壊れ、ここがなくなってしまうなら、悲しいけどいつか諦めた。時間をかけて納得し、この家の思い出を大切にしながら、生きていけた。それなのに、突然やってきて、自分は全部知っているのに何も言わず、家を直し、つむぎに希望を与え、その上で返せと、だから消えろと、全部奪っていこうとする。

「つむぎ、私の話を聞いてくれ」

　前世のことを責められても、つむぎにはどうしようもないが、もしあの頃に戻れるなら、奉玉を盗むなんてやめろと、自分に言ってやりたい。

「転生なんかしなけりゃ、ここでお前と会うこともしなくて済んだのに」

　つむぎがその言葉を口にした瞬間、尾房の表情が凍った。

「……今の言葉は聞かなかったことにする」

「聞けよ。おれは、お前と二度と出会いたくなんかなかった」

「お前は前世の記憶を失っている。だから、その暴言を私は許そう」

「許さなくていい。本当のことだから」

「つむぎ」

「おれは、ここに一人で住んで、誰とも関《かか》わらずに、ずっとここでの生活を守り、それだけを考えているのが幸せだ。家がなくなっても、ここが更地になっても、おれは変わらない。それだけが大切なことだから」

「つむぎ、思い出せばいい。そうすれば気持ちが変わるから」

「変わらない。思い出したくもないし、絶対に思い出さない。おれは朽ち果てるまでここにいるんだ。奉玉も前世も関係ない」

　退治するというなら、してみろと思う。奉玉の在り処なんか、拷問を受けても口を割れないのだ。そうしたら尾房は困るだろう。

「思い通りにならなくて、生憎《あいにく》だったな」

「そんなことはどうでもいい。つむぎ、私は……」

「お前はもうここを出ていけよ。本物の調査員っていう先生がそのうち来るんだろう？　その時に偽物がいたら、大騒ぎになるじゃないか」

「問題ない。私はここを出ていかない。お前が記憶を取り戻すまで」

「だから取り戻さないって言ってるだろ！」

取り戻したとしても、尾房になんか言うものか。奉玉の在り処なんか教えない。つむぎはここにいて、断固として人間と戦うのだ。

憤然と庭から出ていこうとするつむぎの背中に、「どこへ行く」と声がかかる。

「もうお前となんか一緒にいたくないから！　おれがいない間、家探しでもなんでもすればいいだろ」

話をするだけ無駄だと思い、つむぎは自分が出ていくことにする。

「今日はもう帰らない。尾房がいるなら明日も帰らない。おれが戻るまでに、荷物をまとめて出ていってくれ。いいか。いなくなってろよ、絶対に！」

「つむぎ。逃げるな」

「うるさい！」

庭を回り、門を飛び出す。

尾房と話していると、丸め込まれてしまいそうで、逃げ出したかったのが本音だ。つむぎがどんなに激昂《げっこう》しようと、口汚く罵ろうと、尾房は静かに躱《かわ》し、いつの間にか尾房のペースに乗せられてしまう。

何より、尾房の顔を見ているのが辛かった。つむぎが言葉を発するたびに、いつもは吊り上がり気味の目尻《めじり》を下げ、悲しそうな顔をするのが嫌だ。

騙すのが上手い狐だから演技だと分かっていても、あの顔を見ると、胸がギクギクと痛み、自分が痛手を負ってしまうのだ。

「嫌なやつ……。あんな顔、反則だ」

つむぎを騙したくせに。奉玉の在り処を知りたいだけのくせに。それを取り戻したら、すぐさまつむぎが消えてしまうのを知っているくせに。

つむぎをこの世から消そうとしているくせに。

家の前の道を全速力で走っていく。早く遠くへ行きたくて、脳裏に残る尾房のあの顔を振り切りたくて、つむぎは猫の姿になり、尾房から遠ざかろうと、土を蹴り、走り続けた。


朝帰りした家をすぐさま飛び出し、当《あ》て所《ど》もなく彷徨《さまよ》っていた。あの家にしか居場所のないつむぎは、あそこを出てしまえば、どこにも行くところがない。

何も考えずに道を歩いていると、そのうち舗装された道路になり、つむぎはそのまま町へと向かった。人間の集まる場所は苦手だが、今はなんとなく賑《にぎ》やかなところに身を置いていたい。

町へ着くと、相変わらず車が走り回り、新しい家を建てようと、あちこちで工事の音が響いていた。町は今日も広がり続けている。

そういえば前の集会の時に、便利に使っていた空き家が取り壊しになると、議題に上がっていた。あれはどうなったのだろう。

「第三地区って言ってたよな」

思いついて、つむぎは話題に上っていた空き家に足を向けてみることにした。あの時、行き場がないならつむぎの家を提供してもいいなどと考えたことを思い出す。半端者は去れと追い出され、すごすごと逃げ帰った。大きな月が空に浮かんでいた。

問題の空き家のあった辺りに行くと、そこはすでに更地になっていた。

あの集会のあった日から半月ほどしか経っていないのに、もう何もなくなっている。

「あそこに住んでいた野良たちは、ちゃんと次の住処《すみか》を見つけられたのかな」

妊娠している母猫もいると言っていた。無事に過ごせているだろうか。

平らな土地になってしまったかつての猫たちの住処を眺めながら、あの野良たちよりも自分はずっと恵まれていたのだと、改めて思う。

旦那《だんな》さんに拾われて、あの家で可愛《かわい》がられ、幸せな日々を過ごした。夫婦がいなくなっても家を失わず、こうして家出をしていても、帰る場所がある。

本当は、こんな幸せはつむぎに訪れなかったはずなのだ。

尾房から奉玉を奪ったりしなければ、つむぎは二度と生を受けることなく、消えていた。

「ちょっと、言いすぎちゃったかな……」

さっきの悲しそうな尾房の顔が浮かぶ。

尾房だって自分の家に帰りたいだろうに、つむぎが奉玉を返さないから、帰ることができないでいる。

子狐たちはしきりに「神社」と言っていた。尾房はそこであの賑やかな子狐たちと一緒に暮らしていたのか。

「モッフリだって。あいつら、いつも尾房にあんなふうにしてもらってるんだ。……気持ちよさそうだった」

一刻を争うと大騒ぎをし、結局は尾房の毛皮が恋しくて、尾房を迎えにきた二匹の子狐。フカフカの銀の毛皮にモッフリと埋まっていた光景を思い出すと、あれは癖になりそうだな、なんて思い、笑いが漏れた。

尾房のフカフカの毛皮に包まれて、昼寝をする自分の姿を思い浮かべる。きっと柔らかく滑らかで、温かく、夜でも日向ぼっこしているような気分になるだろう。

そういえば夜、尾房と一緒に寝ている時、そんな夢を見ていたような気がする。

「あれ、……夢じゃなかったのかな……？」

布団が寝心地よく、つむぎを抱っこして寝ている尾房が温かくて、つむぎはすぐさま寝入ってしまい、毎日朝までぐっすりなのだ。

その間、繰り返し同じ夢を見、同じ声を聞いていたような……。

夢の内容は曖昧《あいまい》で、目覚めればすぐさま忘れた。いい夢だったと思うだけで、思い出そうともしなかった。夢は夢で、寝覚めの気分がよければ満足だったから。

具体的にはどんな夢だったっけと、更地になった空き地を眺めながら、つむぎは思い出そうとしてみた。

つむぎのお腹を撫《な》でる尾房の手と、後ろから聞こえる低い声。それが夢の中にまで入ってきて、ずっと撫でられ、囁《ささや》かれ――。

――きっと、……きっと、迎えにいく。だから待っていてくれ……。

静かな低い声。眠っているつむぎに尾房が言った。

「……いや、違う。あれはもっと前、尾房が現れる前の夢だ」

雨漏りを直そうと屋根に上り、その後縁側でうたた寝をした。その時、変な夢をそういえば見ていた。

――お前こそ、極上の毛皮の持ち主だ。

旦那さんの膝《ひざ》の上で寝ている夢を見ていたはずが、いつも間にか別の夢にすり替わっていた。あの時、つむぎはフワフワの柔らかい物に包まれて、ウットリと撫でられていた。

――長い尻尾が美しいな。

実際は長い尻尾がないのに、美しいと褒められ、起きてから首を傾げていたのだ。

「迎えにいくからって言っていたな、そういえば」

待っていろと言われ、夢の中でつむぎも懸命に頷《うなず》いていた。待っているから探してと、消えずにいるからと、涙を流していたことを思い出した。

胸に手をやる。あの時、ここが潰れるように痛かった。

長く一人きりでいた寂しさから、あんな夢を見たんだろうと、あまり深くも考えずに結論づけ、忘れていたことだ。だけど今改めて思い出そうとすると、現実と夢との境が曖昧になり、分からなくなる。

──そんなに無防備になられると、我慢するのが大変だ。

夜、つむぎの布団に入り込み、つむぎを撫でながら、尾房が言った。

──甘えん坊なのだな。どら、もっと撫でてやろう。

「尾房の……声……？」

──私はお前を見つけてみせる。だから待っていろ。必ず迎えにいくから。

──絶対に。私はお前との約束は、何があっても守るよ。

切れ長の涼しい目。静かで低い声は時々とても甘くなり、そんな声で、思い出してくれと、哀願する。

「あ……」

長い銀髪を持つ美しい男が目の前に浮かぶ。純白の上衣に紫色の袴を穿《は》き、両腕をこちらに差し出している光景が現れた。

切れ長の目を細め、柔らかく綻《ほころ》んだ口元が自分の名を呼ぶ。「はづき」……と。

手を置いていた胸の痛みが増す。ズグズグとした痛みに苦痛は感じず、むしろ懐かしい。

「尾房。……きよ」

その名を口にした瞬間、パン、と何かが弾《はじ》ける音がして、光が射した。光に呑《の》み込まれるようにして、目の前の男が消えていく。

「あ、駄目だ。消えるな」

つむぎは眩《まぶ》しさに目を眇《すが》めながら、そこへ向かって手を伸ばした。

「きよ……っ」

敵だったはずの男の名を呼び、引き留めようと必死に手を伸ばす。胸が苦しい。今し方感じた懐かしい疼《うず》きとは違う、引き裂かれるような痛みが走った。

もう二度と、離れたくない。

湧《わ》き上がる思いが自分の感情なのか、それとも前世の自分のものなのか、分からない。だけど確かに胸の痛みは存在し、つむぎはあれを失くしたくないと思った。

絶対に。約束だから。

光が増し、気がつくとつむぎもその中にいた。見えていた光景が消え、さっきまで眺めていた空き地が見える。猫の姿だったはずが、いつの間にかつむぎは人の形に変化していた。

「なんで……？　おれ、光ってる」

銀髪の男の姿は消えているのに、光だけが残っている。それがつむぎを包んだまま、周囲を照らしていた。

辺りを見回すが、それ以外はなんの変化もない。家から飛び出してやってきた町の中、猫の住処があった空き地の前だ。

グルルルルという不穏な音がして振り返ると、数十匹の猫がつむぎを囲んでいた。毛を逆立て、体勢を低くしながら、光を放つつむぎを睨《にら》んでいる。

「あ、敵じゃないよ。これは……、おれもよく分からないけど」

光は強さを失わず、つむぎを守るように包んでいる。危害を加えるつもりなんか微塵《みじん》もないのだと、両腕を広げたまま一歩踏み出すと、猫たちが一斉に後ろへ飛んだ。尻尾を膨らませ、明らかにつむぎに対して敵意を抱いている。

「違うんだ。なんだよこれ」

そうでなくても半端者と蔑《さげす》まれ、猫にも猫又にも嫌われているつむぎだ。変に説得なんかしないで、とりあえずこの場からいなくなったほうがいいと、来た道を振り返り、愕然《がくぜん》とした。

「え……。なに？」

つむぎの行き先を塞《ふさ》ぐようにして猫が集まっていた。背後にいるのと合わせ、百匹以上の猫がつむぎを囲んでいるのだ。しかも猫ばかりではなく、後ろには犬もいた。頭上を見上げれば、カラスが屋根や電柱に止まり、つむぎを見下ろしていた。

町の動物たちすべてが集まったような光景に、動けなくなる。取り囲んだ全員がつむぎを睨み、身体《からだ》を膨らませ、唸《うな》り声を上げ、すぐにでも襲いかかろうと身構えているのだ。

『それは狐火だ。半端者、お前はやっぱり狐とつるんでいたのだな』

先頭にいる猫が声を上げた。いつかの猫の集会で中心にいた三毛猫だ。二本に割れた尾が丸太のように太っている。三毛の隣には、先割れ尻尾の大猫もいた。

「狐火……？」

『そうだ。妖狐《ようこ》と交わったんだろう、お前。しかも相手は相当な力の持ち主らしい』

ジリジリとつむぎに近づきながら、大猫が舌なめずりをした。

『そんな大きな力を、お前が持っているのは宝の持ち腐れだ。……よこせ』

どうやらこの光の力に引き寄せられて皆集まってきたらしい。

『それがあれば強大な力が手に入る。お前が持つべきものではない。おとなしくよこせ』

よこせと言われても、どうやったら渡せるのか、つむぎには分からない。

「待って。あげられるものならあげたいけど。でも、どうすればいいか、おれも分かんないんだよ」

困惑しているつむぎに、三毛猫がニヤリと笑った。

『そんなものは簡単だ。お前を殺し、その身体の中に埋まっている狐火の源を我々が喰えばいい』

「えっ……！」

『お前の身体ごと喰ってやる。そうすれば、ここにいる者全員が、妖狐の力を得られるのだからな』

「ちょ、ちょっと待って！」

『今、あげたいとお前は言っただろう。もらってやるからおとなしく我々に喰われろ』

そんな無茶苦茶な要求はとてもじゃないが受け入れられない。大猫がズイと近づき、つむぎは後退《あとずさ》るが、後ろにも猫がいて、これ以上は逃げられない。

焦りながら、猫たちが言う狐火の源とは、奉玉のことなのだと悟った。どこにあるのかと思っていたが、なんのことはない、つむぎ自身の身体の中にずっと宿っていたのだ。

尾房はそれを知っていたのだろうか。

目の前にいる猫又たちが周知していることだ。たぶん知っていたのだろう。

「なんだ。すぐに取り返せたんじゃないか」

つむぎの中にそれがあったのなら、出会った瞬間に取り上げればその場で終わったはずだ。家探しなどなんの意味もなかった。

ならばなぜ、尾房はつむぎから奉玉を取り返さず、つむぎとともに過ごしたのか。

ついさっき目の前に広がった光景を思い出す。嬉しげで愛《いと》しげな銀髪の美丈夫。きよと、その名を呼んだ瞬間に光り輝いた、つむぎの狐火。

『さあ、おとなしく我々に喰われろ』

ジリジリと猫たちが寄ってくる。

奉玉を奪われ、喰われてしまったらつむぎは消える。尾房がそう言っていた。

『半端者がそんなたいそうなものを持っていても、仕方があるまい。不釣り合いなんだよ』

「そうだけど……」

長い時間一人でいた。楽しい思いもあったが、寂しい期間のほうがずっと長かった。それが終わるのは、悪くない話だ。

「ごめん。これはあんたたちにあげられない」

だけど、これは元々尾房のものだ。喰われるくらいなら、せめて尾房に返したい。

「これは大事なものなんだ。悪いけど、渡すわけにはいかない」

喰われるなら尾房に、つむぎは自分を与えたい。

『何を言う。今お前は我々にそれをあげたいと言っただろうが』

「ごめん。あげられない。だって、これは……おれのものだから」

『よこせ！　半端者。お前にそれを持つ資格はないっ！』

大猫がグルルと唸り、低く構えた。

「資格なんか関係ない。これはおれのだ。誰にも渡さない。約束したから……っ！」

これを守ると、大事に守ると、どんなことがあっても消えずにいるからと、つむぎは誓ったのだ。

「おれは消えない。絶対に！」

つむぎを包んでいた光がさらに明るくなる。強大な炎のような勢いに猫たちが怯《ひる》み、後ろに引いた。その機を逃さずつむぎは走り出す。

『逃がさないぞ。これだけの数がいるのだ。お前一匹ぐらい、すぐにでも捕まえられる』

わずかな隙間《すきま》を縫って一瞬は抜けられたが、追いかけられて前を塞がれた。細い道路から更地になっている空地へ辛うじて逃げ込み、だけどすぐに大勢に取り囲まれてしまう。

猫も犬も興奮したように喉《のど》を鳴らし、つむぎの喉元を狙《ねら》い身体を低くしている。空気がピンと張りつめ、一匹が動けば、一瞬で全員が飛びかかってくるだろう。そうなれば、つむぎに勝ち目はない。

「……駄目だ。絶対」

胸の前に拳《こぶし》を持ってきて、強く握る。渡したくない。消えたくない。ずっと守り続けてきたのに。守って、耐えて、ずっと、……ずっと、迎えにくるのを待っていた。

「きよ……っ、助けて！」

ゴォ、と風が鳴り、辺りが暗くなる。晴れていたはずの空は灰色の雲に覆われ、季節にそぐわない冷たい風が吹き抜けた。

コォオオオオ、と空気を引き裂くような音とともに、風が渦を巻く。

「つむぎ！」

空から声がした。

振り仰ぐそこにいたのは、空に浮かぶ大狐だ。

風に波打つ毛並みは銀色に輝き、圧倒するような威厳を放っている。切れ長の目がつむぎに襲いかかろうとする犬猫たちを睥睨《へいげい》すると、見つめられた者たちが、恐れをなしたように尻尾を丸めて後退った。

先頭にいた猫又たちも一瞬怯んだが、それでも諦めきれず、そろそろと忍び足でつむぎに近寄り、前足を伸ばしてくる。

「それに触れるな」

静かな、だが怒りを含んだ低い声が辺りに響き渡り、猫又が伸ばしかけた前足を慌てて引いた。

風とともに大狐が下り立つ。飛び散るように猫たちが道を開けた。

「つむぎ、大丈夫か？」

地面に下りてきた尾房が、つむぎの顔を覗いてきた。つむぎの身体のどこかに異変が起きてはいないかと、真剣な眼差《まなざ》しを向けてくる。

「平気。なんか……光っちゃって」

今に至っても、つむぎを包む光は失われず、周りを照らしたままだった。

「ああ。発動してしまったな。お蔭《かげ》でお前の居場所が瞬時に知れた」

よかったと言って、妖狐のままの尾房が笑う。つむぎを見つめる瞳《ひとみ》が凄《すご》く嬉しそうだ。

「これ、ずっとこのままなのか？　……あ、それよりさ、あの、おれ、ちょっと思い出したことがあって……」

尾房がやってくるまでの出来事、その間に断片的に思い出したこと、尾房に確かめたいこと。言いたいこと、聞きたいことがたくさんありすぎて、しどろもどろになっていると、尾房が長い舌を出して、ぺろ、とつむぎの頰《ほお》を撫でてきた。

「詳しいことは別の場所で聞こう。お前のその光は、他の者を引き寄せてしまうからな」

そう言ってニッコリと笑い、「乗れ」と身体を低くした。

言われた通りに大きな背中に跨《また》がり、首の毛を掴《つか》んだ。手首まで沈むほどの深い毛皮が、柔らかくつむぎの指に絡んでくる。

「行くぞ」

尾房の合図に、つむぎは腕に力を籠《こ》め、太く逞《たくま》しい首を抱いた。音もなく身体が浮かび、風に乗って空を移動する。

下にいる猫又たちがつむぎを見上げているのが見えた。さっきまで上から様子を眺めていたカラスたちは早々に姿を消し、空を覆っていた雲もなくなり、青空が広がっている。

「あの、尾房、おれさ……、さっきな」

「呼んでくれないのか？　つむぎ」

尾房の首に摑まりながら、「え？」と前にある顔を覗くと、尾房がチラリとこちらに視線を向け、「昔の呼び名で、さっきは呼んでくれただろう」と言った。

涼しげな狐目がほんのわずか下がっていて、拗《す》ねているような表情に見え、可笑《おか》しくなる。

「呼んでくれ。つむぎ」

「そんなに呼び名が重要か？」

「重要だ」

つむぎを背に乗せ空を飛びながら、銀の妖狐がつむぎにねだる。

「じゃあ、……きよ」

その名を口にした瞬間、胸が温かくなり、つむぎを包む光が一瞬、ぽぅと明るさを増した。

つむぎに呼ばれた尾房も機嫌よく顎《あご》を上げ、ケェ……ン、と鳴く。背中が大きくうねり、つむぎは慌てて尾房の首にしがみついた。

「危ないだろう。落ちるところだった」

「すまない。嬉しくてな」

「それでな、きよ。……ああっ、だから落ちるってば。きよ、なあ、きよってば」

つむぎが尾房をその名で呼ぶたびに、尾房が鳴き、嬉しそうに身体をくねらせるから、つむぎは落ちないように尾房にしがみつかなければならなくて、話が中断されてしまう。

町が遠くなり、つむぎの住む家が近づいてくる。ああ、あそこに帰るのだ。尾房と一緒に。そう思ったら、自然と笑みが零《こぼ》れた。

あそこに着いたらいろいろ話そう。聞きたいこともたくさんある。前世の記憶はまだ断片的で、ほとんど思い出せていない。

だけどつむぎが尾房の名を呼ぶたびに、胸の温かさが増し、ほんの少しずつ、何かを取り戻していくような感覚がするのだ。

急ぐことはないと尾房は言った。今はつむぎもそう思う。

だけど家に着いたらこれだけは伝えよう。

一番大事なことを思い出したと。

＊＊＊

白く長い尾をたなびかせ、空を渡っていく者がある。

空の上を泳ぐようにして、二本の長い尾が優雅に揺らめいていた。金色に光る瞳と、しなやかな身体は、見る者が一瞬息を止めるほどの美しさだ。

「成吉《なりよし》の山に向かっているのか。あの向こうに人里があるな。今日は山向こうまで遠征する気か」

悠々と空を渡っていく猫又の姿を見送りながら、尾房清綱は呟《つぶや》いた。

以前、別の村を壊滅寸前まで荒らし、しばらくはおとなしくしていたものだが、もう別の遊び場を見つけたようだ。気まぐれな猫は飽きるのも早いが、一度いたぶり始めると、手足がもげても、動かなくなるまでちょっかいをやめない。

空を見上げている尾房の眉《まゆ》が寄る。また厄介なことが起こると容易に予測がつき、頭が痛い。

「清綱、大神使がお呼びだ。奥の院まで参られよと」

案の定、呼び出しがかかり、尾房は速やかに奥の院へと向かった。

尾房の勤めるここ、御房稲荷神社は、文字通り稲荷神を祀《まつ》る神社であり、尾房はここに神使として仕えている身で、神社に入ってからは、もうすぐ五十年となる。

妖狐としてこの世に生じたのはそれより百年ほど前になるが、強大な神通力を見込まれ、つかわしめとして神社に来ないかと、声をかけられたのだ。

神使とは、参拝者の声を神に伝える役割を果たし、神のための世話を焼き、神を鎮める業も成すが、大方の仕事は、神社、及びその周辺の治安を護《まも》り、足を運んでくる人々が、心安らかに参拝できるよう、心を配ることだった。

「おお、来たか。清綱よ。お前に使命が下りたぞ」

「はい」

膝をつき、命を聞く。腰まで伸びる銀髪が床にさらりと落ちる。普段は隠している三角の耳が頭から生えていた。尾房を呼び出した大神使の頭にも同じ耳があった。二人とも袍《ほう》に袴の装束姿をしていた。

「はづきがまた悪さを始めたようだ。あれの悪行の噂は遠くまで届いているが、それよりも早く被害の声がこちらに届く」

この界隈《かいわい》を散々荒らし回っている猫又はづきは、その身軽さで遊び場の範疇《はんちゅう》をどんどん拡大させている。あちこちで悪さを起こし、こちらが駆けつける頃には別の場所に移っているという俊敏さで、御房稲荷の者のみならず、各所で煮え湯を飲まされているのだ。

「今し方も成吉の山を悠々と越えていく姿を大勢が目撃している。姿も隠さず、大胆なことだ。我々を馬鹿にしているとしか思えん。……まったく忌々しい化け猫め」

大神使が唸り、御房は使命とはやはりあの猫に関わることかと、次の言葉を待った。

「成吉稲荷から助太刀《すけだち》の要請がきている。清綱、お前が行け」

「はい。かしこまりました」

「他の神社からも精鋭を集めるという話だ。お前は腕が立つ。成吉の手助けをし、是非ともはづきの行いを止め、戒めてやれ」

「全力を尽くします」

「頼んだぞ。お前は稲荷神の覚えもめでたい。ここで力を発揮すれば、ここ御房稲荷神社にも良きことが起きよう」

はづきの悪行を止めようとする討伐隊に、尾房は以前も参加し、はづきとの対戦を経験していた。神使として未《いま》だ中位の立場にある尾房は、援護に回る役割が多く、直接はづきと相まみえたことはない。

対戦といっても、剣を交えてぶつかるわけではなかった。だいたい向こうに戦う気などなく、悪行を繰り返すはづきをこちらが追い回しているに過ぎない。

はづきは尾房が神使となる前からこの世に存在している妖《あやかし》で、齢《よわい》は尾房と同じほどと聞いている。彼との攻防は、その頃からずっと繰り返されているのだ。

狡猾《こうかつ》な猫又は、手を変え姿を変え、相手を翻弄《ほんろう》する。尾房たちとの交戦も、はづきにとっては遊びの一つで、分が悪いと思えばすぐさま姿を消すのだ。

勝ち負けにこだわらないはづきは、目的もなくただ相手を混乱させ、遊んでは逃げる。損得も考えず、支配しようとする欲も持たない相手を、一方的に組み敷こうとするのは、かなり困難なことだった。

「あれはただ、退屈しのぎに遊んでいるだけなのだから、始末が悪い」

作物が実れば収穫前にすべて刈り取り、川に捨てる。赤子が産まれればさらって他所《よそ》の家の軒先に置いていく。祭りに出かけていっては櫓《やぐら》を燃やし、留守の家の食料を盗む。

妖は大なり小なり悪戯《いたずら》をするものだが、はづきのそれは悪戯の範疇を超え、悪質だ。

被害は人ばかりではなく、尾房たち神使や妖にまでと節操がない。ここ御房稲荷でも、賽銭《さいせん》は盗まれるわ、燈籠《とうろう》は倒されるわ、挙句、参拝所にある真鍮《しんちゅう》の鈴を持っていかれた。探し回って見つけた先は人里の鶏小屋の屋根で、信心深い住民を恐慌に陥れた。

「今度こそあれを捕らえ、二度と外に出られぬようにしてやる」

準備を終え、成吉神社に向かった尾房は、他所の神社の眷属《けんぞく》たちとすぐさまはづき討伐の計画会議に参加した。集まったのは稲荷の狐ばかりではなく、猿や烏《からす》、猪《いのしし》など、各地の豪傑たちが揃っていた。

皆、はづきには大なり小なり煮え湯を飲まされていて、今度こそという思いがあるようだ。

「あれはすばしっこいからな、翻弄されないよう、心してかかられよ」

今回指揮を執るのは猪で、鼻息荒く皆を激励している。

先に偵察として飛び立っていた烏が、はづき発見の知らせを持ってきた。

報告によると、はづきは成吉の人里には行かず、すぐ側《そば》の小森山という小さな山の伐採所に出没したらしい。

「伐採所で材木を転がして遊んでいた。材木を積んである綱を切り、作業をしていた人間が数人下敷きになっている」

「……またそんな面倒なことを。すぐに向かい、救出作業と並行して、はづきを捕らえよう」

すぐさま全員で現場に飛んでいった。

小森山の伐採所に到着すると、そこは切り出された材木が散乱し、酷い有様になっていた。車輪のついた台車が盗まれ、散らばった材木を移動させることができず、人間たちが右往左往しているところだった。

下敷きになっている人間をまずは救出し、再び烏が偵察に飛ぶと、今度は船着き場の船が流されたという報告を持ってくる。

「船がないと、川を下って材木を運ぶことができない」

伐採所で働く人間たちが絶望的な顔をし、尾房たちは頭を抱える。

「まずは流された船を取り戻そう」

山に行けば川、川に辿り着けばもう里で騒動が起き、後手後手に回った尾房たちは、はづきを追うどころか、彼のやらかした悪戯の後始末をすることになり、とにかく振り回されっぱなしだった。

「村中の家畜小屋の戸が壊されて、家畜が全部逃げ出した。鶏も馬も牛もそこらじゅうで暴れているぞ」

げんなりしながら牛を追い、鶏を捕まえ、小屋に戻す作業に駆り出される。どうしてこうも次から次へと騒動を起こすのか。不思議に思うが、たぶん理由はないのだろう。

「いたぞ！」

人の姿になっている猪が叫び、駆け出した。猪の指す方向へ目をやると、村の中心にある大櫓の上で、小柄な男が花火を振り回して踊っていた。村人たちがやめさせようとするが、上から火の粉が落ちてくるので容易に近づけない。

人間の姿に化けたはづきは、実に楽しそうに花火を持ったまま踊っていた。

櫓に猪が突進する。梯子《はしご》を使い上っていくのを高みの見物とばかりにはづきが上から眺めている。逃げる素振りも見せないのが、挑発的だ。

「加勢しよう」

取り囲んで捕まえようと全員で櫓に走るが、きっと今日も失敗に終わるだろうと、尾房は半ば諦めていた。

単純に追いかけて捕まるような相手なら、百年以上も苦労をしていない。距離を保ち、向かってくる相手の様子を観察し、ギリギリのところでヒラリと逃げる。はづきにとってはこの攻防も、楽しい追いかけっことしか見えていないのだ。

猪が櫓のてっぺんに辿り着く直前で、はづきが跳躍した。くるりと空中で一回転すると、少年から猫の姿に変化する。

一瞬で遠くにある民家の屋根まで飛んだはづきは、そこでうさぎのようにぴょーん、ぴょーんと飛び跳ねている。弾むような跳躍は、やっきになって追いかける尾房たちを完全に馬鹿にしていた。

「おのれえ、小賢しい化け猫め」

猪がギリギリと歯を鳴らし、今上り詰めた櫓から一気に地面に飛び下りた。再び追いかけようとはづきのいる屋根を見れば、はづきはすでにそこにはいなかった。

空から高笑いするはづきの声がする。

見上げれば、二本の尾をたなびかせ、はづきが山の向こうへと去っていくところだった。

時が経ち、はづきとの攻防を繰り返しながら、五十年の月日が流れた。

その間に尾房は着々と神格を高め、一級の身分をもらった。その上にある身分は、特級という最高位のみになる。全国に散らばる稲荷神社の中でもほんの一握りの者にしか与えられない特級の身分も、信頼厚く優秀な尾房なら、いずれ届くだろうと噂され、一目置かれる存在となっている。

その日、尾房は日課にしている見回りに出かけていた。御房稲荷のある土地は広大で、妖狐の姿にならないことには一日で回りきらない。

神社を飛び立ち、効率よく拠点を巡り、異常がないかと確認して回っていた。天候は穏やかで、里の人々の暮らしにも異常はなく、山も平和な様子だ。

ぐるりと御房稲荷の治めている土地を回り、再び神社を通り過ぎ、山に沿って昇っていった。

山は里よりも遅い春がようやく訪れ、山肌を桜が彩っている。

その柔らかな桜色を空から眺めていた尾房は、今日は見回りも滞りなく過ぎたことだしと、ほんの刹那《せつな》、一人で山の桜を楽しむことにした。陽射しは明るく、山の緑に桜の色がよく映えるだろう。ほどよく吹く風も気持ちがいい。

山の中腹に小さな池がある。そのほとりに大桜があり、尾房はそこを目指した。春は池のほとり、初夏は里の水田、秋の紅葉は山頂の滝、冬は氷の張った湖と、自分なりのお気に入りの場所を持ち、たまさか一人で訪れ、息を抜いている。

池のある場所まで行き、上から覗くと、案の定桜は満開だった。

「今年はいつにも増して素晴らしいな」

こんもりと、ぼんぼりのような花が大木を覆っている。池に落ちた花弁は絨毯《じゅうたん》のようで、その上を歩けるのではないかと錯覚するほどだ。

目的の場所に下り立ち、見事な花を咲かせている桜の木を見上げていると、「あ、狐だ」と、側で声がした。

振り向くと、すぐ後ろにはづきが立っている。人間の姿を取っているが、二本に分かれた尾は隠さずに、背中でそよそよと蠢《うごめ》いたままだ。小袖に四幅袴《よのばかま》の身軽な恰好《かっこう》で、手には酒瓶を持っている。ほろ酔いなのか、桜と同じような顔色をして、尾房のほうへ近づいてきた。

「お前も花見か？　狐」

緩んだ気をさっと引き締め、尾房は臨戦態勢を取った。はづきはゆらゆらと揺れていて、飛びかかってくる気配も、逃げようとする様子もない。酔っているのなら、分はこちらにある。こんなところで出会えたのは僥倖《ぎょうこう》だった。

だが、油断はすまい。狡猾な猫又のことだからと、すぐに応戦できるように、にやけた顔でこちらを見ているはづきを睨み据えた。

「戦うのぉー？　おれ、今日はそんな気分じゃないんだけど」

呂律《ろれつ》の怪しい口調で、「やめようよ」と、尾房に笑いかけてくる。

気まぐれな猫は、自分のしたいようにしか行動しない。今日は気分ではないと言うが、それも気分で覆してくるから気が抜けないのだ。

「本当、本当。今日はなんにもしたくないんだ。だってさあ、桜は綺麗だし、これ美味しいし」

酒瓶を掲げ、「一緒に宴会するか?」などと誘ってこられ、無言で首を横に振り、尾房はこれからどうするかと考えた。

油断しているのか、尾房を騙そうとしているのかは分からないが、力比べでは尾房のほうに圧倒的に分があるだろう。はづきは今人間の姿で、自分は妖狐のままだ。猫になられるとすばしっこさで少々手こずりそうだが、その前に力で抑え込んでしまえばいい。

「そうだ。狐、お前随分出世したんだって? 神様からいいもんもらったって聞いたぞ。何もらった? 美味《うま》いもんか? おれにもくれよ」

尾房の持つ神格のことを言っているらしく、しきりにそれを見せろと言ってくる。

「なー、狐」

「……私は狐という名ではない」

「じゃあなんていうんだ?」

「尾房だ」

「ふーん。でもそれって神社の名じゃないか」

「御房稲荷に仕える者は、皆その名を持つ。正式には尾房清綱という。狐ではない」

「仰々しい名を持ってんだな。じゃあ、きよでいいか。なあ、きよ、稲荷神からもらったいいもん、おれにも見せて」

「清綱だ」

「だからきよでいいだろ。なあ、いいもん見せろよ」

「……。見せられるようないいものなど持っていない」

「だって、凄いいいもんもらったって聞いたぞ。もったいぶらないで見せてくれよ。なあ、きよってば。なあ、なあ」

この猫又は、絡み酒らしいと、尾房は無視を決め込んだ。

「きよ。一緒に飲も？」

「私は今任務中だ。酒など飲まない」

「なんだぁー、つまんないの。せっかく桜がこんなに綺麗なのに」

花と同じような顔の色をして、はづきが桜を見上げた。それから池に落ちた花弁を指さし、「こっちも」と言って笑う。

「敷物みたいだよな。上を歩けそうだ」

水面を覗き、はづきが手を伸ばす。桜の花弁の浮いた水に触れ、掌《てのひら》で押すように、花弁を撫でている。

「あー、これじゃあ歩けそうもないや」

はづきが池に突っ込んだ手をパシャパシャと動かす。何が面白いのか、夢中になって池の水をかき混ぜ、そのうちに身体が前のめりになっていく。

「おっと」

池に落ちそうになり、尾房は思わずその前に回り込んだ。ぼふ、とはづきが尾房の横腹に倒れてくる。

「何をやっているんだ。落ちるだろう」

「……わぁ、もふもふぅ」

落ちそうになったことなど気がついていないのか、はづきは尾房の横腹にモッフリと突き刺さったまま、へらへらと笑っている。

なんとなく毒気を抜かれ、尾房ははづきを捕らえることを、今日はやめにすることにした。機会はまたいつか訪れるだろうし、自分の気に入りの場所で騒動を起こしたくもないし、などと思う。

「あまり飲みすぎるなよ」

「あれ、もう行くのか？」

池から離れようとする尾房に、はづきが言った。

「ああ、神社に戻らないと」

「……あ、さてはきよ、お前、怠けにやってきたな」

悪戯な声が背中にかかる。

「仕事を怠けて、ここに遊びにきたんだろう。悪いやつだ」

楽しそうな糾弾に、尾房は思わず笑ってしまった。

「そうだな。ここは私の気に入りの場所だから。毎年、桜の時期にはここに来る」

「ふうん。気に入りか。そうだな。凄く綺麗だもんな。おれも気に入った」

「そうか」

「なあ、明日も来るか？」

敵対しているはずなのに、はづきはまるで気にせず、そんな無邪気な問いを投げてくる。

「なぜだ？」

問いに問いで返すと、はづきはうーん、と一瞬考え、それからパッと顔を上げた。

「だって、桜は明日もきっと咲いているから」


次の日は、どんよりとした曇り空だが、雨は降っていなかった。

尾房は日課の見回りを淡々と済ませ、それから昨日下り立った山の中腹にある桜の池を訪れた。

花はまだ満開を保っており、水面の花弁は量を増していた。

池の側まで行き、辺りを見回してみるが、酔っ払いの猫又の姿はなかった。

「……気まぐれだからな」

明日も来るかと問われ、尾房は答えなかった。はづきも自分も行くからとは言っていない。約束をしたわけでもなく、ましてや移り気な猫又だ。律儀にやってきた自分が、少しばかり恥ずかしかった。

水面を覗き、昨日はづきがしていたように、水に浮く花弁に掌を当ててみる。花は簡単に沈み、尾房の掌が濡《ぬ》れた。

「それはそうだな。歩けるわけがない。……第一、私もはづきも飛べるというのに」

歩けそうだと言い、はしゃいだようにして水に手を入れ、無理だったと落胆した声を上げていた。

悪行の限りを尽くす迷惑な猫又が、昨日は酔っ払ってふらふらしていた。あれなら尾房一人でも捕らえることができただろうに、惜しいことをした。

だが、池に花弁が浮かんだこの光景を見て、尾房が思ったこととまったく同じことを口にしたはづきを、捕らえようという気にはならなかったのだ。

「今日も桜は咲いているぞ」

約束はしていない。だけどほんの少し、がっかりしている自分がいた。

「あ！ きよだ。また怠けているな」

背後から陽気な声が聞こえ、はづきが駆け寄ってきた。

「昨日お前、フンって顔して行っちゃったから、来ないと思った」

そう言いながら、尾房を見つめて笑っている顔は、昨日と同じ桜色だ。手に酒瓶は持っていないが。

「ここは春のうちは私の休憩所だからな」

「おれもそう。おれも、ここが休憩所だ」

「今までここで出会ったことがないが」

「うん。だって昨日初めて来たんだもの」

なんだそれは、と尾房が呟くと、はづきがあはは、と声を上げて笑った。

はづきは昨日と同じようにして池のほとりにしゃがみこみ、水面に掌を当てている。

「昨日より花びらが増えてる。でもまだ全部散るには数日かかるな」

「そうだな」

明日も桜は咲いている。明後日《あさって》もおそらく。これが葉桜になり、すべて散ってしまうまで、何日くらいかかるのかと、尾房は心の中で指を折った。

「きよは、今日は狐の姿じゃないんだな」

人間の姿を取っている尾房を見つめ、「狐にはならないのか？」と言ってきた。

「なぜだ？」

水面を手で触ってみたかったので、下りた時に人の姿を取ったのだが、はづきがそんな尾房を見て、「いや、狐じゃないんだなって思って」と、幾分残念そうに言うのが解せない。

「だって、きよのあの毛皮がさ……ちょっと、さ」

「ちょっと、なんだ？」

歯切れの悪いはづきの顔を覗き、「どうした？」としつこく聞いてみると、はづきは小さな声で、「気持ちよかったから」と言った。

「ほら、長い間、お前らはおれのことをしつこく追いかけ回しているだろ？　捕まえようとして、何度も何度も」

「ああ、お前は小賢しいからなかなか捕まらないからな」

「そりゃ、おれだって捕まるのは嫌だよ。だって、酷い目に遭わされるだろ」

「今までしてきたことを鑑《かんが》みれば仕方がない」

「その話はいいよ。それで、ここ最近はずっと、追い回しにきよも参加してるだろ？」

悪さを繰り返し、そのたびにその土地の有力な神使や、人間にまで追いかけられる。それははづきにとっては単なる遊びだが、長年そんなことを繰り返せば、顔を覚える輩《やから》も出てくる。

「人間は顔ぶれが変わっていくけど、妖や神使の類《たぐい》は違うだろう。猪のおっさんとかさ、凄い勢いで追いかけてくるから面白いんだ。それで、この辺に遊びに来ると、大概きよがやってくるだろ？　会うたびに出世してるみたいで、初めの頃より随分立派になってきたなって」

妖狐から神使となり百年近く。その間に尾房は着実に神格を上げ、一級の身分を賜るまでに出世した。一方はづきはその間も、相変わらず悪戯を繰り返し、追いかけ回される生活を送っている。

「きよの毛皮、銀色に光ってて、凄く綺麗だな、触りたいなって、ずっと思ってて、そしたら昨日、池に落っこちそうになったおれを助けてくれただろ、ぼふって。あれがなあ……、思ってた以上に気持ちよかったんだ」

悪行の限りを尽くし、極悪な猫又と呼ばれるはづきが、屈託ない笑顔を尾房に向け、そんなことを言う。

「なあ、きよ、今日は狐にはならないのか？」

そして、さっきと同じ言葉を繰り返し、期待の籠った目を向けてくる。

「それはなれと言うことか」

「うん……！」

無邪気な猫は、欲望のまま行動し、口にする。二百年以上もの間、多くの者を苦しめ、翻弄し、討伐の対象にされている状況だというのに、当の本人はその間、尾房の毛皮を触ってみたいと、そんなことを考えていたのだ。

「そろそろ神社に戻らなければならない」

「えー、もう少しぐらい、いいじゃないか」

池のほとりから離れる尾房の後ろを、はづきがついてくる。

「私は神使だからな。遊んでいる暇はない」

「今遊んでるじゃないか」

「休憩しに寄っただけだ」

尾房は空を仰ぎ、風を起こした。つむじ風が尾房の身体を包み、変化が始まる。人間の姿から狐に戻ると、それを見ていたはづきが「なんだよー」と、嬉しそうな声を上げた。

「最初からいいよって言ってくれよ。案外いじわるだな。きよって」

「飛ぶために変化をしただけだ。では、さらばだ」

飛び立とうとすると、はづきが「あ……」と、名残惜しそうな声を出すので、尾房は溜息をついた。

「……ほんの少しの時間だぞ」

言うが早いか、はづきが尾房の横腹に突進してきた。その場に腰を下ろし、はづきを懐に入れてやる。自分はいったい何をしているのだと思うが、はづきは上機嫌で尾房の腹に埋まっている。

「遠慮のないやつだな」

呆《あき》れた声を出すが、はづきはまったくへこたれず、毛皮に頬を擦《こす》りつけ、ゴロゴロと喉を鳴らし始めた。

抱きつくようにして尾房の懐に埋まっているはづきの身体が縮み、猫の姿に変化した。真っ白な毛に長い二本尾が、ゆらゆらと嬉しそうに揺れている。

「そんなに気持ちがいいのか」

返事はなく、ゴロゴロと盛大に喉を鳴らしながら、尾房の腹の上ではづきが丸くなった。

「……困ったな」

聞こえないように小さく呟いたつもりだったが、はづきが顔を上げ、「もう行かないといけないのか」と言ってくるから、ますます困ってしまった。

「半刻。それ以上は無理だ」

尾房の返事に、はづきは金色の目を嬉しそうに輝かせ、再び尾房の懐に顔を埋めた。

困ったなと、今度は口に出さずに呟いて、遅れた分のお勤めの段取りを、尾房は頭の中で組み立てていた。

その翌日は小雨が降った。

普段よりも早めに見回りを終え、尾房は例の池のほとりに行った。今日も特に約束はしていない。

雨に打たれ、桜はだいぶ花を散らしていた。その木の下に、猫の姿のはづきがいた。雨宿りをするように、木の根元にチョンと座り、雨を眺めている。

尾房が近づくと、はづきはパッと顔を上げ、駆け寄ってきた。二股《ふたまた》の尻尾がバラバラになったまま大袈裟《おおげさ》に揺れていて、まるで犬のようだ。

「濡れてしまうぞ。枝の下に入ろう」

はづきを促し、尾房も一緒に桜の下に行く。尾房は最初から狐の姿で、そのまま地面に腰を下ろすと、はづきが早速尾房の懐に陣取り、丸くなった。

尾房の懐で温まっているはづきの毛がしっとりと濡れていた。尾房の銀の毛が綺麗だとはづきは言うが、はづきの持つ純白の毛皮のほうが、よほど美しいと思う。

「いつからここにいたんだ？」

「んー、朝から」

尾房の問いに屈託なく答え、「だって、来た途端に帰られたら、嫌だもの」と言った。

「昨日はおれのほうが遅くに着いたから、わずかな時間しか会えなかっただろう？」

性悪と言われる悪名高き猫又が、甘えるような声で、無邪気にそんなことを言うのだ。濡れた毛皮を撫でてやりたいと思うが、今は狐の姿なのでそれができず、人間になればはづきが落胆するかと思い、板ばさみの気分だ。

「雨でだいぶ花が落ちたな」

尾房の腹に埋まったまま池を眺めていたはづきが言った。水面を覆っていた花弁も、すでに色を失っている。

「もうすぐ全部散っちゃうかな」

残念そうな声は、花の終わりを惜しむものなのか、尾房とのこの時間を惜しむものなのか、聞いてみたいような気持ちになる。

「花がなくなったら、きよはもう、ここには休憩しに来なくなるか？」

はづきの言葉は、尾房が問いを口にする前に、答えになっていて、思わず笑みが零れてしまう。

「そうだな。桜が終われば来なくなるな。それに、頻繁に寄り道をするわけにはいかないんだよ」

見回りは重要な仕事であり、御房稲荷の土地は広い。たまになら、こうして桜を愛《め》でる時間を作れても、毎日となるとやはり難しい。見回り以外にも、神社での仕事は山積みだ。

「そうか……もう会えなくなるのか」

あからさまな落胆の声を出し、俯《うつむ》くはづきの姿に、尾房の中に今まで経験したことのない感情が生まれた。

「……この池のほとり以外にも、私は気に入りの場所を持っている。季節によって自分なりの休憩所があるんだ」

「きよの気に入りの場所か」

「そう。初夏は里の水田が気に入りだ。田植えの時期の水田は美しいぞ。晴れた日は、水を張った田に空が映る。苗が伸びれば青々とした草原のようになる」

「へえ……。そんなふうに思って水田を見たことなかった、おれ。今度見てみる」

「私が行く時は、お前も誘おう」

「本当か？」

金色の目をキラキラと輝かせ、はづきが「絶対な。約束だぞ」と念を押した。

「ああ、約束しよう」

秋には紅葉を見に山の頂上の滝、冬は森の湖と、今まで誰にも教えていない、とっておきの場所に連れていってやると、約束を交わした。

今日は山向こう、その前は三つ山を越えた海辺の村と、広い範囲を渡り歩き、遊び回っていたはづきが、御房稲荷のある地域に常駐するようになった。

はづきの悪戯は相変わらずで、小さな悪ふざけから、大勢を巻き込んでの事件まで、大小様々な騒動を巻き起こし、御房稲荷の神使たちは大混乱を強いられていた。

はづきはちょくちょく神社周辺に出没し、悪さを仕掛けては逃げていく。はづきが現れたとなれば駆り出されるのは尾房で、目的はそれだと分かっているだけに、尾房は頭の痛い思いをしていた。

その日、尾房は忙しい合間を縫い、初めてはづきと会話を交わした池のほとりにやってきていた。

「きよ！」

尾房が下り立つやいなや、はづきが飛んできてはボフ、と体当たりをしてくる。

「会えた」

「会えたじゃない」

今日は人間の姿で、早速尾房の懐に入り込もうとするはづきを押し戻し、尾房は低い声を出した。

日を決めて、尾房の気に入りの場所に連れていくという約束をし、その連絡場所をここにした。桜の木の小さな洞にお互いの便りを忍ばせておくと取り決めたのだ。

そしてはづきは毎日、時には日に何度もやってきては洞を覗いているらしい。

尾房のほうでも見回りの途中にほんの一瞬下り立つことが多くなり、便りの交換はほどなくして機能を失くしてしまった。

結局二人は池のほとりで、毎日逢引《あいびき》をしているような状態だった。

「便りを置きにきて、お前がいたのでは意味がないじゃないか」

「便りを持ってきたのか。よこせよ」

「本人が目の前にいるなら口頭で済むだろう」

「そりゃそうだ」

屈託なく笑っている、愛くるしい顔をした猫又を見つめ、尾房は盛大な溜息をついた。

はづきは尾房の苦悩などお構いなしに、尾房に抱きつき、懐に入ってこようとする。

「きよ、水田に行く日取りは決まったのか？　そろそろ田植えが始まるだろう」

「ああ。今年は長雨の時期が早く来そうだからな、……ということではなく、はづき」

「そうか。じゃあ本当にもうすぐだな。いつだ？　明日か？」

「はづき、私の話を聞きなさい」

「なんだ？」

「お前、あちこちで悪さをして回っているだろう。神社での仕事が滞って困る。お前のお蔭でこっちはきりきり舞いだ」

怖い顔をして叱《しか》るが、悪気のない猫又は、尾房の叱責《しっせき》にキョトンとしている。

「どうしてそう悪いことばかりをしでかす」

「え、どうしてって……。やりたいから。ああ、そうだ。きよ、まんじゅう食べるか？」

懐からまんじゅうを出してきたはづきが、尾房にそれを差し出してきた。

「それはどうしたんだ？」

「村で盗んできた。祝言の祝いだって。甘くて美味いぞ」

「お前……」

まったくことの重大さを分かっていないはづきに、尾房は頭を抱えた。

長年に亙り数々の悪行を繰り返し、おまけに逃げ足の異常に速い狡猾な猫又だが、本人には微塵も罪の意識はなく、ただ純粋に楽しむために行動していることを、尾房は骨の髄まで理解している。

だが、それに振り回される周りの者たちには、笑って済ませられることではないのだ。

「他にも干し魚や酒もいっぱいあった。きよが食べるならもっと持ってくる」

「……お前のやっていることは、とても悪いことなんだよ、はづき」

しかもここ最近は、その悪戯の範囲が一ヵ所に集中しているため、被害に遭った者たちが怒り狂い、憎悪を募らせているのだ。

「お前の悪戯が酷すぎて、大規模な討伐隊を編成しようという話が持ち上がっている」

「その討伐隊に、尾房も入っているのか？　そしたらいっぱい会えるな」

そして今は、悪いことをすれば尾房がやってくると分かっていてそれをするのだから始末が悪い。はづきは純粋に尾房の顔を見たさに悪戯をし、結果、尾房を窮地に陥れているということにまで考えが及んでいない。

「大丈夫。おれは捕まらないよ」

「お前がこれ以上悪さを重ねるようだと、私はもう、お前とは会えない」

尾房の言葉に、はづきは「え？」と、目を見開く。

「なんで？」

「私はお前を追いかけ、捕まえる側の者だ」

「だからおれ、捕まったりしないって」

「そういうことではないんだよ、はづき」

妖に善悪の概念はない。

尾房たちのように道理を理解し、神の眷属として人と共存しようとする者たちのほうが稀《まれ》な存在で、それをはづきに理解させるのは困難だ。

永遠の命を持つ彼らは人の命を軽んじる。直接奪ったわけではなくても、はづきが起こした悪戯が起因して、命を落とした者もいる。土地が枯れ、生活をする場を奪われ、廃村になったところもある。それは尾房たち神使にとって、見逃すことのできない重罪なのだ。

「こんなふうにひっそりと会っていること自体、本来はしてはいけないことなんだよ」

「なんで……？」

必死な目で、はづきが尾房を見上げる。

「お前が毎日ここに来るのを知っているのに、私はそれを見逃している。これは裏切り行為だ」

「おれがきよに捕まったらいいのか？　そしたら、きよがもっと出世できるから？」

「そうじゃない。今となっては、討伐隊に参加などしたくない」

そんなことができるはずがないじゃないかと、尾房を見上げているはづきを見つめた。

はづきが捕まれば、どんな処遇が下されるのか、尾房には想像がつく。そんなことにはなってほしくないと強く思う。そう願っていることが、すでに裏切り行為なのだ。

「お前は私の顔を見たさに気軽に悪戯を仕掛け、逃げ回るが、私は遊びでお前を捕らえることはできない。かといって、わざと逃がすこともできない。……私は神職に就く身として、嘘《うそ》をつくことはできないんだよ」

長年に亙り、はづきは好き放題をしすぎた。討伐隊が結成されたとして、そこに加われという命を受けたら、自分はどう行動すればいいのか。

「おれ、もう悪いことしない」

神使としての使命と、はづきとの狭間《はざま》で苦悩している尾房を見上げていたはづきが、突然そう言った。

「おれが悪いことをやめたら、きよはおれを追いかけ回さないで済むんだろ？　そしたらきよと会ってもいいんだろ？」

「はづき……？」

「もうまんじゅうを盗らない。……これ、返してきたらいいのか？」

金色の目をいっぱいに広げ、はづきが手にしたまんじゅうを尾房の前に差し出す。

「返してきたら、明日水田に連れていってくれるか？　ここで、毎日きよを待っててもいいか？　また会える？　お前の毛皮に入れてもらえる？」

悪さをして、親に折檻《せっかん》を受ける幼児のように、はづきが必死に尾房に赦《ゆる》しを乞《こ》う。

会えなくなるのは嫌だと、もう悪いことはしないからと、悲壮な顔をして訴えてくるのだ。

「まんじゅう、……一個食っちゃった。どうしようか……？」

大変なことをしてしまったと、打ちひしがれているはづきを見つめ、邪悪さと天真爛漫《てんしんらんまん》さを同時に持つこの猫又を、どうしようもなく愛しいと思った。

「残っているまんじゅうだけでも返そう。いくつ盗んできた？」

「……五十個ぐらい」

あるだけ持ってきて隠してあるのだと、すまなそうに白状するはづきに、尾房は思わず笑ってしまった。

「そんなに盗んで、全部食べるつもりだったのか」

「分かんない。山になって置いてあったから、なくなったら、みんな慌てるだろうなって……。でももうしない。絶対。まんじゅうは盗らない」

決意も固く宣言するはづきを見下ろし、これに善悪を教えるのは本当に至難の業だなと、尾房は内心溜息をついた。

「盗っていけないのはまんじゅうだけではないぞ」

「そうなのか。他は何を盗ったら駄目なんだ？　きよ、教えてくれ」

善悪は分からなくても、尾房の苦悩を汲《く》み取る聡明《そうめい》さは備えているはづきだ。一つ一つ、辛抱強く教えていけばいい。

そうすればはづきは変わる。害のある妖ではなく、尾房たちのように里と共に生きる道も見えてくるだろう。

「きよが駄目だって言うものは、おれ、もう絶対盗らないから」

無邪気な顔で、絶対！　とはづきが誓う。だから明日、水田に連れていけと、早速ねだってくるのが可愛らしくて笑う尾房に、はづきも安心したような笑顔になった。


水の張られた田に、等間隔に苗が並んでいる。風に撫でられ弱々しく揺れている苗は、そのうち逞しく成長し、秋には黄金色の穂で水田を覆い尽くす。

「田んぼが橙色《だいだいいろ》だ。ほら、大きい雲が映ってる。きよ、あれあれ」

水田近くの木のてっぺんで、尾房の懐から顔を覗かせたはづきが声を上げた。

約束の水田は、すぐ次の日というわけにはいかず、まんじゅうを盗んだ場所に返した日から七日目の夕方になった。

その日はよく晴れていて空も高く、夕陽の赤が水田を美しく照らしていた。この光景をはづきに見せたいと思い、こうして連れてきたのだ。

民家の集まる人里でのことなので、はづきと連れ立って下りることはできなかった。はづきは村の人間全員に恐れられ、憎まれている。だから尾房は、自分の着物の懐にはづきを隠し、見回りの振りをして、水田の見える木の上にいるのだった。

「苗がチョンチョロリンだな。あれが米になるんだろ？」

「そうだ。だからはづき、あの苗を抜いてはいけないよ。稲が実らなかったら、里の人も、それから私たちも困るのだからな」

「そうか。分かった。苗は抜かない。水にいる蛙《かえる》を捕るのは駄目か？　面白いんだぞ」

「ああ、それぐらいなら……。しかし、追いかけ回して田を荒らすのは駄目だ。泥を掘ったり、苗を倒したりすれば、やはり稲が実らなくなる」

「分かった。蛙は捕ってもよくて、田んぼは荒らしちゃ駄目なんだな」

「そうだ。……捕った大量の蛙を村の井戸に投げ込むのも駄目だぞ」

「駄目なのか。うん、今度から蛙を井戸には投げ込まない」

はづきがしでかした過去の悪戯を一つ一つ尾房が諫《いさ》めていく。はづきは素直に分かったと言い、実際、しては駄目だと言われたことは、二度とすることはなかった。素直で頭のいい猫は、尾房に言われたことは絶対に忘れないのだ。

それでも二百年以上もの間にはづきがやらかした悪行は数知れない。それをすべて諫めるのには、膨大な時間と手間をかけていかなくてはならないなと、自分の懐で水田の風景を眺めているはづきを見つめ、やれやれと溜息をつく尾房なのだった。

それにしても長年に亙り、追いかけられても捕まらず、次々と新しい悪戯を仕掛けては、あざ笑うようにして逃げていく猫又が、尾房の言うことだけをこうも素直に聞くのが、とても不思議な思いだ。

驚きとともに、それは説明のできない嬉しさで、もっとたくさんのことを、この無知で聡明な猫に教えてやり、護ってやらなければと、心を新たにする。

「これ、気持ちいいな」

懐に収まっていたはづきが、尾房の肌に頰を擦りつけながら言った。

「きよの毛皮は極上だけど、人間の時のこれも好きだ」

無邪気に笑いながら、頭、耳、それから顔全体を何度も尾房の肌に擦りつけ、ゴロゴロと喉を鳴らす。甘え上手な猫に苦笑しながら、尾房も自分の懐に手を入れて、白くなめらかなはづきの身体を、ゆっくりと撫でてやった。

「長い尻尾が美しいな」

頭からうなじ、背中、尾へと、掌を滑らせると、はづきのゴロゴロが大きくなる。

「甘えん坊なのだな、お前は。どら、もっと撫でてやろう」

はづきが目を閉じて、尾房の手を待つ。顎を上げ、ここも撫でてと催促され、指の背で撫で上げてやると、一瞬目を開けたはづきが、ウットリとした顔を尾房に向けた。

「真っ白で美しいな。お前こそ、極上の毛皮の持ち主だ」

「そうか?」

「ああ」

狐の姿の時には手で撫でてやりたいと思い、今その願望が叶《かな》っている。そして、人間の姿ではづきを撫でながら、今度は銀の毛皮で包み込み、舌で舐《な》めてやりたいという、別の願望が頭を擡《もた》げ、そんな自分の我儘《わがまま》ぶりに、尾房は呆れてしまった。

手で撫で、舌で舐め、可愛がってやりたい。猫の姿でも人間の時にでも、ずっとこの愛しい妖を自分の懐に入れ、愛でていたい。

二百年近くこの世にいて、劣情を煽《あお》られた経験はなかった。湧き上がる激しい感情に戸惑うが、自覚してしまっては、もうどうすることもできないのだと、尾房は諦めた。

いけないことだと頭で自制しようとしても、もう無理だ。

敵対している相手だからとか、神使の立場だとか、己の周りにある状況を考え、抑えられるものではない。すでに尾房は、はづきとの関係を周りに秘密にし、今もこうして連れ出している。我儘な猫の懇願を聞き入れているようで、尾房自身が、はづきと会いたいと常に願い、その思いは止められない。

「きよ、見てみろ。ほら、田んぼが真っ赤だ。凄い」

尾房の気持ちなど与《あずか》り知らないはづきが、懐から首を伸ばし、夕焼けに染まる水田を眺め、感嘆の声を上げた。

「田んぼなんて、泥遊びと蛙捕りのための場所って思ってた。こんなに綺麗なんだな」

普段は純白の毛皮が、夕陽色に輝いている。

「きよといると、今までの景色が違って見える。蛙捕りなんかしなくても、こうやって田んぼを見ているだけで、うんと楽しい」

「そうか。私もだ」

「うん。まんじゅうを盗まなくても、腹いっぱいな気分だ」

瞳に夕陽を映したまま、はづきが言う。ここがな、と言って白い腹を尾房に見せ、撫でてくれとねだる。

「気持ちいい。きよの手が気持ちよくて、腹いっぱいだ」

「そうか」

「腹いっぱいでな、……でも、なんだか少し、痛いような気もして」

尾房に撫でられながら、はづきが見上げてくる。

「うんと痛いんじゃなくて、……ここがうずうずして、きよのことを考えると、そうなるんだ。痛いんだけどな、それでもいいって思う。痛くて、でも……気持ちがいい」

なんだろうなこれはと、はづきが尾房を見上げた。その無邪気な顔を見つめながら、愛しさが溢《あふ》れ出す。

ああ、お前も同じ想いを、この妖狐に抱いてくれるのか。

「……私も同じだ」

「きよも同じか？　俺と同じに痛くて、気持ちがいいのか？」

「ああ、そうだ」

頷く尾房を見上げ、はづきが眩しそうに目を細めた。「そうか。同じなのか」と言い、「なんだか嬉しい」と、笑顔を見せる。

はづきの小さな頭を掌に包み、引き寄せた。顔を近づけ、濡れた鼻先に自分のそれを押しつける。にゃ、とはづきが鳴いた。迷惑そうに顔をクシャクシャにしながら前足で押され、構わずぐりぐりと押し返す。

「きよに撫でられるのが好きだ。狐の時でも、人間の姿でも、こうやって懐に入れられて、ずっとこうしていたい。おれが悪いことをしなけりゃ、ずっときよとこうしていられるんだよな……？」

　この愛しい猫又を、自分は護り通さなければならないと、はづきの小さな頭を掌に包み、尾房は心に誓った。そのせいで神使としての立場をなくそうとも。はづきを護ってやれるのは、尾房しかいないのだから。

「はづき、夏になったら、河原に水浴びに行くか」

「行く！　川で魚を捕ってもいいか？」

「いいぞ。私が焼いてやろう。秋は紅葉《もみじ》狩りに連れていってやる。山のてっぺんが真っ赤になるんだぞ。弁当を持って、山で食べよう」

「弁当か。いいな！」

「お稲荷さんを作ってやろう」

「お稲荷さんか。五目飯をお揚げで包んだ握り飯だ。そうか、きよは狐だからな、お揚げ好きだもんな」

「ああ。私の作るお稲荷さんは美味いぞ。五目飯だけではなく、お前の好きな具をなんでも入れてやる」

「なんでもか？」

「ああ、なんでもだ。何を入れてほしい？」

「あのなあ、はまぐり！」

「……はまぐりか。大きいな」

「今なんでも入れてやるって言っただろ？　おれ、貝大好きなんだ」

「ではしじみならどうだ？　佃煮《つくだに》にして、他の物も一緒に混ぜられるぞ」

「それでもいい。しじみも好きだ。五目だもんな」

「そうだ。いっそ七目でも十目でもいいぞ」

大きな目をクリクリと動かし、はづきが入れてほしい具を考える。しらすに貝、エビにおかかと、思いつくまま口にするのを、尾房は笑顔で一つ一つ承知した。


長雨の季節が過ぎ、うだるような夏の暑さの中にいた。

狐の尾房も猫のはづきも暑いのは苦手で、顔を合わせるたびに、早くこの季節が通り過ぎればいいと、愚痴を言い合った。

尾房が根気よくはづきに良いことと悪いことの区別を教えたお蔭で、人里も、御房稲荷の被害も激減していた。ただ、教えは律儀に守るはづきだが、教えていないことをやらかすのには躊躇《ちゅうちょ》がない。また、新たな悪戯を編み出すことには天才的で、そのたびに懇々と説教を繰り返さなければならない。

「近頃は、あの猫又は少しはおとなしくなったようだが」

神社の本殿でお勤めをしていた尾房に、大神使が声をかけてきた。その場で跪《ひざまず》く尾房に、「どう思うか」と、聞いてくる。

「あれも年月を経て、少しは落ち着いたのだろうか」

用件がある時には、使いをよこして呼びつける大神使が、自ら足を運び、声をかけてくるのは珍しいことだ。世間話を装うような大神使の声に、尾房は緊張しながら答えた。

「そうですね。人里のほうからも、被害を訴える声は減ってきたかと」

尾房の報告に大神使が頷き、「だが、油断は禁物だ」と厳しい顔をする。

「油断をさせておいて、そのうち大仰な事件を起こそうと、虎視眈々《こしたんたん》と狙っているのかもしれん。心を入れ替えるようなタマではないからな、あの猫又は」

長年に亙り悪行を繰り返したはづきへの不信は、簡単に払拭《ふっしょく》できるようなものではないことを、尾房も承知している。

尾房にとっては無邪気で愛しい存在でも、その他の者には悪行三昧《ざんまい》の忌まわしい妖怪なのだ。どれほどの時をかければそれが帳消しになるのか、尾房自身にも見当がつかない。

「しかもここ数ヶ月は、御房稲荷の近辺を頻繁にうろついていると聞く。清綱、お前も幾度か遭遇しているのだろう?」

大神使の問いに、跪いたまま尾房は無言を貫く。否定をすれば虚偽になり、肯定すれば説明がいる。

「逃げ足の速い妖ではあるが、ここまで頻繁に出没しているあれを、お前ほどの者が易々《やすやす》と見逃しているのか少々解せない」

疑わしげな声に、とうとう時が来たかと、尾房は心を決めた。

「答えよ。清綱」

大神使は尾房たち神使を統括する立場にあり、強大な神通力を持っている。そんな大神使を前に、はづきとの逢瀬《おうせ》を完全に隠し通せるものではなく、いずれ糾弾されるだろうと、覚悟を持っていた。

「どうした清綱。説明をすることがあるならそれを聞こう」

大神使が厳かな声で尾房に問う。嘘も言い逃れも、神の眷属には許されない。尾房は床に手を置き、深く頭を下げ、口を開いた。

「はづきに懸想《けそう》をしています」

大神使が大きく息を呑む。

「今、なんと……言ったか」

目の前にある大神使の足が、倒れるのをグッと堪《こら》えるように床を踏んだ。

「懸想などと、お前が……、そんな馬鹿なことを……っ、許さんぞ」

怒りを抑えるような声で、静かに低く、尾房を糾弾する。弁明も、許しを乞うつもりもない尾房は、低頭したまま動かずにいた。

「清綱、お前はなんという恥知らずなことを……、自分が今、何を言ったか分かっているのか。あのはづきだぞっ！　我々があの者のために、今までどれほど辛酸を舐める思いをしたことか」

大神使の怒りは尤《もっと》もで、尾房はここでも言い訳の言葉を持たない。だが、この気持ちは偽りなく、どう罵倒《ばとう》されようと覆せないものなのだ。

「お前はあの猫又にたぶらかされておるのだ。……おのれ、化け猫。どうしてくれよう」

強く握った拳をブルブルと震わせて、大神使がはづきに対する憎悪を募らせる。

「一級の身分を持つ神使が、あのような性悪猫に簡単に騙されるとは、これはもはや捨て置くことはできぬ事態に陥った」

「大神使、私は騙されてはおりません。はづきは今、変わりつつあります。今までしてきた悪行を抑え、今でも多少の悪戯はありますが、それほど害のないものとなっており、また、私も彼の側で助言をしております。あのはづきは、皆が思うほど極悪な性根を持つわけではなく、単に……」

「うるさい！　言い訳をするなど見苦しいぞ、清綱」

「私がはづきに懸想したことについて、言い訳をするつもりはありません。私はただ、はづきの本来の姿を理解していただきたく」

「本来の姿など、今まであれがやってきたことで十分だろう。今更聞かずともよい」

道のりが容易《たやす》くないことは承知している。はづきはそれほどのことを、長い間繰り返してきた。だが、それは誰もはづきを止められずにいたからだ。

「私なら、はづきの行いを止めることができるのです」

驕《おご》りでもなく、出世のための方便でもない。それができるのは尾房ただ一人であり、してみせるという、決死の覚悟も持っている。なぜなら、止められなければ、はづきはいずれ誰かの手によって捕らえられ、罰を下される。そんなことには決してなってほしくないと、心から思っているからだ。

自分がはづきを護ると、固く決意しているのだ。

「大神使、その上でどうか今一度、はづきに対し曇りなき目を向けていただきたいのです。彼は反省する心を持っています」

「ええい！　そのような戯言《たわごと》など聞く耳を持たぬ。お前は心底あの化け猫にたぶらかされているのだ。猫又に懸想した神使など、……御房稲荷の恥となるのだぞ！　情けない」

怒りで身体中を震わせ、大神使が嘆く。信頼厚く、特級の身分に一番近いとされる神使が、忠心を忘れ、猫又に心を奪われてしまったと。

「忠心を忘れたわけでは決してありません」

「この上は、直ちにはづき消滅のための大討伐隊を結成し、あれを葬り去ることにする」

「大神使……っ！」

「お前はしばらくの間謹慎をしていろ。討伐隊に加えれば、いらぬ邪魔をするだろうからな。謹慎の間、その汚れきった心を洗い流し、より一層精進しろ」

有無を言わさぬ厳しさで、大神使が尾房に処分を下した。はづきが討伐されるまでは外出も許さず、神社の奥深くでおとなしくするようにと言う。

「今までのやり方が温《ぬる》かったのだ。次には徹底的にあれを追い詰める。お前は化け猫にかけられた妖術が解け、平静を取り戻すまで、一切表に出るな。よく頭を冷やすのだな」

石に囲まれた小さな部屋は、深く掘られた土の中にあるらしく、じめじめとして薄暗く、暑かった。

大神使に謹慎せよと命じられ、反論しようとした尾房は、その刹那、大神使の神通力により金縛りをかけられ、そのままこの牢獄《ろうごく》のような部屋へと投げ込まれた。

長年神の眷属として仕えてきた尾房だが、妖狐としての力は他の誰よりも優っていると自負していた。だが、己を過信していたらしい。不意打ちのような金縛りの術に動きを封じられ、抵抗する暇は一瞬もなかった。

閉じ込められた石の部屋は、妖力を封じ込める術が施されているらしく、変化も、風を起こすことすらできない。

「説得など試みるのではなかった」

神職を捨てる覚悟はあった。神使としての身分をすべて捨て、はづきとともに遠くの土地へ行き、ひっそりと二匹で暮らしてもいいと考えた。尾房がいれば、はづきは悪質な悪さをしなくなる。

だが、尾房は稲荷神への忠心を忘れたわけでは決してなかった。大神使も尾房を買ってくれ、他の誰よりも可愛がってくれているのを知っていた。だから一度は説得を試みようと思い、自分の心情を吐露した結果がこれだ。

土深く埋められた石造りの部屋は、格子のついた小さな空気窓があり、そこから辛うじて光を届けていた。立ち上がって腕を伸ばし、既《すんで》のところで届かない位置にそれがある。

ここが神社の敷地内のどこかなのか、あるいは別の離れた場所なのか、それさえも分からない。

「おそらくは敷地内ではないのだろうな」

御房稲荷の神社の中に、このような牢があるとは聞いていない。また、こんなふうに閉じ込められていれば、人も神使も多く出入りする神社だ。必ず誰かの目に留まるだろう。

「便りも出せないまま連れてこられてしまった」

池のほとりの桜の木が、二人の連絡場所だった。毎日は無理だと諌めてからは、七日から十日に一度の割合で、尾房はあの洞に便りを託し、はづきはそれを確認し、約束の場所で落ち合い、ひっそりと二人の時間を過ごしていたのだ。

ここに閉じ込められてから、まだ二日しか経っていないが、ここから出られない限り、はづきに尾房のこの状況を伝える術《すべ》がない。

大神使はすぐにも討伐隊を作ると言っていた。簡単に捕まるはづきではないが、そうなると、尾房はここから永遠に出られないという事態もあり得るのだった。

自分への処遇は自業自得なことと諦めもつくが、はづきが心配だ。甘えたがりのあの猫がどうしているのかと、それればかりを思う。

尾房の便りがないことに、はづきは不審を抱くだろう。どこにいるのかときっと探すだろう。無鉄砲で突拍子もない猫だ。気に入りの毛皮を恋しがり、きっとあちこちを飛んで回る。

「……どうにか、ここから出る方法はないだろうか」

空気窓から射し込む光を見つめ、尾房は自分を探して走り回る、二本尾の猫の姿を思い浮かべた。

日が昇り、空気窓から光が射す。

尾房はそれを確認し、小石で壁に印をつけた。

何もない場所に居続けると、日にちの感覚が分からなくなる。尾房は日が昇るたびに壁に印をつけ、今が何日目なのかを数えていた。

小さく記された傷が七つ集まると、その上に大きく線を引く。壁の印は大きい線が三本に、小さな傷が二本ついていた。

外は夏真っ盛りで、牢の中は蒸《む》し風呂《ぶろ》のようだ。暑さの苦手な尾房にとって、拷問に近い苦しみだが、それよりもはづきの様子が分からないことのほうが苦しかった。

尾房からの便りが途切れてから三週間以上が経つ。どうしたのかと訝《いぶか》しく思っていることだろう。

以前のように、あの桜の木の根元で尾房の訪れを待ち続けるかもしれない。川に水浴びに行こうという約束も、果たせていなかった。

「……きよ」

空気窓の外から突然声がし、尾房は驚いて上を見上げた。腕の一本も入り込めない小さな穴から、金色の目が覗いている。

「見つけた、きよ。そんなところにいたのか」

格子の隙間から、白い前足がにゅっと出てくる。無理やり入ろうとするが、流石に穴が小さすぎて、猫の姿でも無理そうだ。

「はづき。お前、どうして……」

どうにか入り込もうと頑張っていたはづきは、それができないことが分かったのか、また目を覗かせてきて、「きよ」と、尾房の名を呼ぶ。

尾房は立ち上がり、急いで空気窓の側まで行った。手を伸ばすが、ほんのわずか高さが届かず、指先を触れることすら叶わない。

「桜の洞の便りが来なくなって、毎日覗きにいったんだけど、入ってなくて。……どうしたのかなって」

凄く探したんだぞと、金色の大きな目を、空気窓いっぱいに覗かせて、はづきが言った。

「あのな、討伐隊っていうの、おれを捕まえようって、いっぱい来たんだ。前にきよが言ってたの、あれだろう？」

大神使が言っていた通りに、はづきを捕らえようとすぐさま行動を起こしたのだろう。それほど激しく大神使の怒りを買ってしまったのだ。

「それで、追いかけられながら、お前の姿探したんだけど、いなくて。いつ追いかけられても、きよの姿がなくて……、参加したくないって言ってたから、そうなのかなって思ったんだけど、でも、……洞に便りもずっと来なくって」

久し振りに聞くはづきの声は、たどたどしく上擦っていて、尾房がいなくなり、便りも届かなくなっていた間、どれほど心配し、不安を抱いていたのかを物語っていた。

「きよのいる神社に行ったんだ。……顔出すなって、言われてたけど、どうしても我慢できなくて。でも、おれ、ちゃんと捕まらないように隠れて、誰にも見つからずに、入れたんだ。……ごめんな、きよ。言いつけ破って。でも、おれ、どうしても心配で、我慢できなくて……」

してはいけないと注意されていたことを破ったとして、叱られると思ったのか、はづきは何度も我慢ができなかったと言い、謝る。

「隠れながら、神社の中を探し回ってるうちに、きよのことを話してる声が聞こえた」

猫又にたぶらかされて心神を奪われた神使を謹慎させ、閉じ込めていると聞きつけたはづきは、さらに神社の奥深く潜入し、尾房の居場所を突き止めたと言った。

「こんなところに入れられてたんだ。だから、便りもできなかったんだな、きよ」

情けない声を出し、はづきが小さな窓から尾房の顔を見つめてくる。

「……心配した。きよ、どうしたらいい？　どうしたら、そこから出られるんだ？」

腕が入らないことを承知で、それでもなんとか入れ込もうと、はづきが窓の格子をカリカリと引っ掻《か》く。

「きよ、出られないのか？　……なあ、おれのせいで、そんなところに入れられたのか？」

窓から聞こえる声が今にも泣きそうに潤んでいる。

「はづき、そんなことはない」

カリカリと際限なく格子を引っ搔き、きよ、きよぉと、はづきが尾房を呼ぶ。

「ここは、どの辺りなんだ？　はづき、教えてくれ」

泣いているはづきの気を逸らそうと、尾房ははづきに語りかけた。

「神社の中ではないことはなんとなく分かるんだが、どの辺りなのか、まったく分からないんだ」

「神社の上にある山の中だよ。あの桜の木のある池とはちょうど反対側の場所だ」

「そうだったのか。随分と遠いところへ連れてこられたものだ。よく突き止められたな。流石だ」

尾房の褒め言葉に、はづきは少し元気を取り戻し、「こういうの、おれ得意だもの」と笑顔になる。

「簡単だったぞ。天井に入り込んで、いろいろ聞き回った。いろんなところで、きよのことを話していて、あのままでいいのかとか、厳しすぎるとか、お前、人気あるんだな」

尾房が監禁されているのは、神社の者たちの一部では知れ渡っており、なんとか助けようという声まで上がっているという。

「偉そうなおじさんが、駄目だ。あれは今おかしくなっているからって、怒ってて、でも可哀想《かわいそう》だ、差し入れぐらいはしてやろうとか、そういう相談してんのを聞いた。その時に、ここの場所のことも言ってたから、おれが先回りして来たんだ」

神社での聞き込みの様子を報告され、尾房は違和感を持った。尾房の噂は神社の至るところで語られているらしく、それはおかしいと気がつく。

「……はづき。今すぐそこから逃げろ」

尾房の居場所を簡単に流布するぐらいなら、こんな山奥に閉じ込めたりはしないだろう。だいたい、大神使が尾房の起こした不祥事を、外に漏らすことなどあり得ない。

これは罠《わな》だ。わざとはづきに聞かせるように尾房の居場所を口にして、ここへおびき寄せたのだ。

「はづき……っ」

尾房が罠だと気づくまでのほんの刹那、窓から目を逸らし、次に目をやったそこに、はづきの姿はなかった。

窓の外は物音一つなく、今し方尾房を見つめていた金色の目も、白い足も、尾房を呼ぶ声も、すべて消え去っていた。

夜が明けた。壁に小さな印を一つつける。小石を持つ尾房の手は土で汚れ、指先には血が滲《にじ》んでいた。

　はづきが連れ去られてから、尾房はひと時も休まず壁の石を削り続け、一晩かけてようやく一枚、大石を剝《は》ぎ取ったところだ。

　妖力は使えず、己の身体を使うしかない。こんなことなら、閉じ込められたその日から、壁を崩すことを実行していればよかったと後悔するが、今それを悔やんでも仕方がない。

　とにかく一心不乱に石を削り、穴を掘り、それを広げて脱出を試みようとしているのだ。待っていてくれと思う。必ず救い出してみせる。

　妖を滅するには時間を要する。はづきは二百年以上も生きる猫又だ。大神使の神通力を以てしても、一瞬ではづきを消滅させることは困難だろう。

　それに一縷《いちる》の望みをかけ、尾房は壁を崩し続ける。比較的大きな石を一枚剝がしたことにより、壁に土が見えていた。ここは山の土を掘った地下にある。身体が入るぐらいにまで石を剝がせたら、あとはひたすら土を掘り進めればいい。妖力を封じる力は部屋に宿っている。これを抜ければ、妖狐に変化もできよう。

　五日かかるか、十日かかるか、あるいはもっとか。とにかく外に出られるまで、尾房は土を掘るつもりだ。

　半日をかけ、ようやく二枚目の石を剝がすことに成功した。思いの外頑強な壁に、尾房は焦りを募らせる。急がなければ。

　額の汗を拭《ぬぐ》い、再び壁の石に手をかけた時、空気窓の外に気配を感じ、尾房は手を止めた。単独の足音が近づいてくる。

やっとの思いで剝がした二枚の石を元の壁に嵌《は》め込み、尾房は部屋の隅に正座をして待った。

「どうだ？　清綱。少しは反省をしたのか？」

声が聞こえ、尾房は閉じていた瞼《まぶた》を上げる。窓の格子の隙間から、大神使が見下ろしていた。

「快適とはいえない環境だが、仕方あるまい。三週間と少しか。頭を冷やすにはまだ足りないか？」

背筋を伸ばしたまま床に座り、尾房は無言で大神使を見上げた。神使は嘘をつくことができない。

「まだのぼせているようだな。今しばらく謹慎せい」

無言の尾房に、大神使は翻意なしと見て、謹慎を解くのを中止した。

「清綱。私はお前のことを買っている。他の神使たちも同じだ。お前は皆の手本であらねばならない。早く悪い夢から覚め、稲荷神のために心血を注ぐ生活に戻るがよい」

愛情溢れる声音で、大神使が尾房を諭す。「信じているぞ」という言葉を残し、その場を去ろうとし、「ああ」と声を上げ、立ち止まった。

「お前をたぶらかしたあの猫又は、妖力の源を削《そ》ぎ、野に放した。まもなく消滅するだろう。積年の恨みはあるが、我々は神の子だ。拷問は好まぬ。長年世間を煩わせた猫又を退治できたのは清綱、お前の功績だ。皮肉なことだが、これでお前の評価は上がるぞ。忠心さえ取り戻せばな」

大神使の語りを、尾房は微動だにせず聞いた。

「もうお前を惑わす妖はいなくなった。二度と復活も叶わぬぞ。心を残すな。お前の翻意を待っている」

大神使が今度こそ去っていく。

はづきの妖力の源を削いだと言った。それは、あの美しい二本の尾を切り落としたということだ。

「……大神使」

姿の見えなくなった背中に向け、尾房は声をかけた。行こうとした足音が、踵《きびす》を返してくる。

「なんだ、清綱」

小窓は覗かず、大神使の声だけが牢まで届く。

「私は……夢を見ていたようです」

神に仕える者は、嘘を許されない。それは最大の裏切りであり、神への冒瀆《ぼうとく》であり、重罪だと、すべての神使が胆に銘じている。

「あの猫又の妖気に当てられ、我を忘れていました。今はそれがとても恥ずかしく、無念の思いです」

足音がまた近づく。光が遮られ、大神使の目が覗いてきた。

神の眷属が、心を偽った言葉を口に乗せることなどあり得ない。従って神使の言葉を、相手は無条件に信じるのだ。

「反省したというのか」

顔を上げ、大神使の顔をしっかりと見据え、尾房は「はい」と答えた。

「己の行いを恥じ、今後は稲荷神のために一層精進することを誓うのだな」

石の床の上で平伏し、尾房は神への忠心を誓った。

「……ならばよい。お前の謹慎を解こう」

「ありがとうございます」

礼を言う尾房の頭上に光が射した。頑強に固められていた石の天井が消え去る。

「上がってこい、清綱よ」

大神使の声に導かれ、尾房は身体を浮かび上がらせた。高く、高く、飛び上がり、大神使の力の届かない高さまで一気に飛び、そのまま姿を消した。

閉じ込められていた山の反対側。二人の逢瀬の連絡場所に使った池のほとりに辿り着く。今は花を失くした桜の木の下に、白猫が一匹、くったりと横たわっていた。

「……はづき」

名を呼びながら手を触れると、はづきがゆっくりと目を開けた。純白だった毛皮はくすみ、灰色がかっている。長く美しかった二本の尾は跡形もなく削ぎ落とされ、付け根に血の塊がついていて、痛々しい。

護ると誓った。この愛しい猫又を、自分の力で護り、共に過ごそうと誓ったのに。

傷に障らないようにそっと撫でてやる。はづきが口を開けるが、もはや鳴く力も残っていない。

尾を失くしてしまったはづきは、すでに猫又ではなくなり、猫としての命も残りわずかだ。源から送られていた妖力が身体に残っていて、辛うじてはづきの命を繋いでいる状態だった。それを使い果たしてしまえば、はづきは跡形もなく消えてしまう。

猫としての器を失い、妖力の源である二本の尾も根こそぎ失ってしまったはづきは、次に転生することも叶わない。

「大丈夫だ。はづき。方法はある。今、救ってやるからな」

真夏なのに、はづきの身体はひんやりと冷たかった。少しでも温めてやろうと、掌を滑らせて、背、腹とゆっくりと撫でてやる。尾房に撫でられながら、声も出ないはづきは、それでも気持ちよさそうに目を細め、ゴロゴロと喉を鳴らした。

空を仰ぎ、風を起こした。つむじ風に巻かれ、尾房の身体が変化する。

妖狐に戻った尾房は、さらに身の内にある妖力を一点に集めようと集中した。内側へ、内側へとかき集め、やがて凝縮された妖力が光を放ち始める。

「もう少し……」

妖狐としてこの世に生じた時、妖力は自然に備わっているものであり、変化も飛ぶことも思うだけで叶い、自分がどのように力を操っているのかなど、考えたこともない。

それを意図的に操り、凝縮させようとするのは難しかった。

神経を集中させ、さらに内側に集める。光が強くなり、尾房の身体全体を包み始めた。

脳裏に光が浮かぶ。純度の高い水晶のような光玉の中で、炎が燃えているのが見えた。

炎は狐火。尾房が生じた時から備えていた妖としての妖力の一部だ。そしてそれを包んでいる光玉は、神使となった折りに、稲荷神から賜った奉玉だった。

この二つの力を使い、尾房ははづきを救おうと考えていた。奉玉の力を分け与えれば、今ある猫の器を失っても、次に転生できる可能性が生まれるはずだ。

「はづき……」

光を纏ったまま、桜の下に横たわっているはづきを呼んだ。削り取られた尾の付け根に、尾房はそっと舌を押し当て、ゆっくりと舐め擦った。

「ぅう……」と、はづきが苦しげな声を上げる。

「受け取る力は残っていないか。……はづき、少しの間、辛抱してくれ」

狐火を内包した奉玉を胸の内に収めたまま、尾房は今一度集中した。身体が縮まり、徐々に小さくなっていく。普段は熊よりも大きい大狐の形を取っているのを、普通の狐と同じほどの大きさに変えていった。そうでないと、はづきへ与える負担が大きすぎ、力を受け渡す前にはづきが事切れてしまいそうだからだ。

「はづき。すまないが、今はこれしか方法がない」

力なく横たわっているはづきの頬をぺろ、とひと舐めし、尾房ははづきの小さな身体に覆いかぶさった。

なるべく傷にふれないように、静かにそれをあてがう。柔らかな窄《すぼ》まりに、グイ、と自分の劣情を押しつけ、そのまま肉を割り、押し入っていった。

「……ぅ、ぁあ」

目を瞑《つむ》ったままのはづきが苦悶《くもん》の声を上げ、慰めようと再び頬を舐め、それから首を嚙《か》んだ。

「……初めてお前と交わるのが、このような形で、すまない」

グプリ、と奥まで押し入り、それから静かに抽挿を始めた。

「だが、どんな形でも、……私はとても嬉しいよ」

後孔を無理やり開かれた衝撃に、声も出せないでいるはづきにそう言い、尾房はゆっくりと身体を動かした。

念じるのははづきの復活。脳裏に浮かぶ奉玉を、はづきの中へと送り込んでいった。

尾房を包んでいた光が、はづきをも包み込み、一つの光になる。

「受け取って、甦《よみがえ》れ。この光が目印だ。どんな場所にいようと、どれほど時がかかろうと、私はお前を見つけてみせる。だから、はづき、きっと甦ってくれ」

「……きよ、……きよぉ……」

か細い声を出し、はづきが尾房を呼んだ。

「はづき、……はづき」

光の中にいるはづきの毛皮が、先ほどの灰色から白色に戻っていた。尾房の妖力が助けになったのか、開いた目には力が宿っている。

なるべく衝撃を与えないようにとゆっくりと動いている尾房を、はづきが不思議そうに振り返る。

「……痛いか？　はづき。すまないな」

「痛い。……けど、身体は少し、楽になった」

「そうか」

「お前、瀕死《ひんし》のおれに何してるんだよ」

二つの身体が繋がっている箇所を眺め、はづきが言い、尾房は「すまない」と謝った。

「これしか方法がなかったんだ、はづき」

言い訳をする尾房にはづきは薄《う》っすらと笑い、「でも、嬉しい」と、言ってくれた。

「はづき……」

さっきのぐったりした様子からは想像できないほどの回復に、尾房は希望を持った。もしかしたら、このまま別れずにいられるかもしれない。そうすれば、二人でどこか遠くで暮らしていける。

「きよ」

裏切り者と誹《そし》られても構わない。はづきさえ手元にいれば。

二人で逃げて、誰の目にも留まらない土地で、ひっそりと暮らそう。

「あのな、きよ」

「なんだ?」

甘えた声を出すはづきの言葉を聞こうと、耳を寄せる。金色の目が窄まり、淡い光が尾房を見つめた。

「おれな、……なんかもう、駄目みたいだ」

希望を持った矢先のはづきの言葉に、尾房は「そんなことはない」と、絞り出すような声で反論する。

「でも、分かるもの。自分のことだから。きよ。おれはもう、駄目だ」

はづきの声に悲壮感はなく、静かで透明な、確信だった。

「きよの妖力を分けてくれて、怪我《けが》、治してくれたんだな」

傷は治まり、一時の力をもらっても、消えていこうとする器は止められないらしいと、はづきはいつもと変わらない無邪気な顔をして、言った。

「……妖力だけじゃないぞ、はづき。今、お前の中には私の奉玉が収まっている」

「ほうぎょく……？」

キョトンとした声で、尾房が今与えた大事な物の名を反芻《はんすう》した。

「ああ。それをお前にやるから、大事に持っていくのだぞ。絶対に離さずに、それを守っていろ。そうしたら、いずれまた、私と会えるから」

奉玉は神なる力だ。その中に自分の妖気を閉じ込めた。これを持ってきっと甦れと、尾房は祈りを託した。

「そうなの？　おれはまた、きよに会えるんだな……？」

「そうだ。お前がそれを持っている限り、私はお前を見つけてみせる。だから待っていろ。必ず迎えにいくから」

「分かった。持ってる。大事にして、絶対離さない」

絶対に。決心を口にしたはづきは、それからうつ伏せになっている身体をくねらせ、尾房の下から抜け出そうとした。

「どうした？　苦しいか？」

獣のままの行為だが、離れるのは名残惜しくてそう言うと、はづきが変化をしたいと言い出した。

「妖力が残っているうちに、人の姿になりたい」

「しかし、……そんなことをしたら、お前」

消えてしまうじゃないかと引き留めるが、我儘な猫は「だって嫌だもの、この恰好」と言う。

「器があるうちに、きよと抱き合いたい。後ろ向きだと、きよの顔が見えないから」

なあ、なあと甘ったれた声を出し、変化をしたいと我を通す。わずかな時を稼ぐために猫の姿でいるよりも、人の形で尾房と抱き合い、交わって、……消えたいと。

はづきの哀願に負け、尾房は身体を引いた。

尾房に分け与えられた、最後の妖力を使い、はづきが人の姿へと変化を始める。身体を震わせ、なめらかな人間の肌へと変わり、……だけど猫の耳は生えたままだった。

「失敗しちゃった」

はづきが笑い、尾房は「可愛いよ」と、半妖の姿のはづきを褒めた。その言葉は嘘ではない。愛しい猫又は、どんな姿になっても、その愛しさは変わらない。

人の姿になったはづきにせがまれ、尾房も人になる。はづきの姿を真似て、自分も耳を残したら、「おそろいだ」と言って、膝の上に乗ってきたはづきが、尾房の首を抱き、嬉しそうに笑った。

はづきを上に乗せたまま、再び繋がる。小さな身体が尾房を呑み込んでいき、はふ、と溜息をつくのが可愛らしい。

猫のはづきにしたように、顔を近づけてお互いの鼻をくっつけた。くすぐったそうにはづきが笑い、その唇に、自分のそれを押しつけ、吸った。

「ここにな、あるのが分かる。あったかいから」

自分の胸を押さえ、「これを大事に持ってればいいんだな」とはづきが言った。

「そうだ。大事に持っていろ」

「うん。次はいつ会えるかな……」

尾房の上でわずかに身体を揺らしながら、はづきが楽しそうに来世の再会を語った。

「おれ、どんなふうになってるだろう。きよ、おれが分かるかな」

「分かるさ。私はお前を見間違えたりしないよ。それまで待っているんだぞ」

口づけを交わし、再会を約束する。

「きよ、……きよ、待ってるから。お前の奉玉を大事に持って、消えずにいるから」

「きよも人になれ」

上で揺れるはづきの身体が、軽く、儚《はかな》くなっていく。引き留めようとして、渾身《こんしん》の力で細い身体を抱きしめた。

再会は確信している。だが、今が名残惜しく、尾房の目から涙が溢れた。泣いている尾房の顔を見たはづきが、「変な顔」と言って笑い、次にはその顔がクシャリと潰れる。

「探してな、絶対な」

はづきが尾房の首にしがみつく。

「きっと、……きっと、迎えにいく。だから待っていてくれ」

尾房の声にはづきは何度も頷き、抱きしめ返してくる腕が、淡い霧となっていった。

約束な……という顔は、頬が涙で濡れたままの、極上の笑顔だった。

＊＊＊

「最初から言ってくれたらよかったんだよ」

尾房の背に乗せられて、つむぎの家に帰ってきた。縁側のある部屋に二人で落ち着いて、つむぎは尾房を質問攻めにしているところだ。

「なんにも言わないんだから、おれだって混乱するだろ」

「しかし、いきなり私の奉玉の力でお前は転生したはづきだなんて説明しても、お前には理解できないだろう？」

「そりゃそうだけどさ」

家に着いたら尾房はすぐに狐の姿から人間になってしまい、もうちょっとあの毛触りを楽しみたかったのにと、余計に突っかかっているつむぎだ。

記憶はすべてというわけではないが、あの光に包まれてから、徐々にいろいろなことを思い出し始めていた。

遠い昔、つむぎは確かに二本の尾を持つ猫又で、好き放題をしながら過ごしていた。長い間一人で遊び回っていて、ある日尾房に出会い、恋に落ちたのだ。

「だいたい、初めて私がここに来た時、お前はどんな歓迎をしてくれた？　縁の下に潜り込んだまま、シャーシャー言っていたじゃないか」

「そりゃそうだけどさぁ……！　もうちょっとこう、いいやり方っていうか、おれが納得するような、そういう持っていき方をだな！」

「随分無茶な注文をするんだな」

文句をたれているつむぎを、尾房は相変わらず余裕の態度で受け流し、そうしながらクツクツと喉を鳴らし、いきり立っているつむぎの様子を楽しんでいるのが気に喰わない。

「すまなかった。何も知らない無垢《むく》な状態のお前を見ているのが新鮮でな。ついつい遊んでしまった」

涼やかな目を細め、尾房が楽しそうに笑い、そんなことを言った。

「遊ぶって……。そんな場合じゃないだろう？」

子狐の如月と弥生の話では、つむぎはまだ極悪非道の大悪党とされているし、奉玉を取り返してつむぎを消したいと思っているのだ。

そういう問題が山積みみたいなのに、尾房はまるで気にしていないようなのが解せない。

「お前は何も心配をしなくていいんだよ、つむぎ。前世の記憶も急いで取り戻そうとしなくていい。ゆっくりと少しずつ、進んでいこう」

そんな悠長なことでいいのかと、笑っている尾房を見るが、尾房は鷹揚《おうよう》に頷き、「お前のペースでいいんだ」と言う。

「きよは、おれが……はづきがいなくなってから、どうしてたんだ？」

神使として神に仕え、その立場でいながら猫又のはづきと恋に落ちた。大反対をされて引き裂かれ、来世のつむぎと会うために、大切な奉玉を渡したというところまでは聞いた。

町でこの奉玉を狙われた時に、つむぎを包んでいた光は、今は消えていた。突然発動してしまって慌てたが、元々の持ち主の尾房が鎮めてくれたのだ。

これをつむぎに渡してしまったために、尾房は神格を落とし、五百年の間に凄く苦労をしたと、子狐たちが言っていた。

「今、きよは御房稲荷神社にいるんだよな」

「ああ、昔と変わらずそこでお仕えをしているよ」

「でも、おれにこれ渡して、うんと怒られたんだろう？　罰せられたりしたんだろ？」

その後の処遇を心配するつむぎに、尾房は「ああ、まあ少しはな」と、笑っている。

「縛られたり叩《たた》かれたりしたのか？　火あぶりとか」

「そんな罰の下し方はしないよ。我々は神職だからね。前と同じ、謹慎処分だ。なんてことはない」

「そうか」

痛い目には遭わなかったのだなと、安心した。

「どれくらい？　半年とか？」

「あー、……もう少し長いな」

「え、三年とか？」

尾房は無言で微笑《ほほえ》んでいる。

「……十年？　それ以上？」

「二百年だ」

するっと言われて仰天した。言葉も出ないでいるつむぎに、尾房は「そんなもんだろう」と、軽く言うのだ。

「まあ、だいぶ罪を重ねてしまったからね。それぐらいは仕方がない。覚悟してやったことだから」

大神使に心を入れ替えたと嘘を言い、解放された途端に姿を消した。その上稲荷神から賜った奉玉を手放した。二度と転生できないようにとはづきを処分したのに、それも阻止しようと勝手をした。そうやって尾房は幾重にも罪を重ねてまで、はづきを甦らせようとしたのだ。

謹慎が解けた後、御房神社に戻った尾房だが、奉玉を持たない尾房は神格も得られず、正式な神使でもないのだという。見習いという立場のまま、ずっと神社で働いているのだ。

「きよ、おれ、お前に奉玉を返したほうがいいんじゃないか……？」

謹慎の期間が二百年、その後外に出ることは叶ったが、神社での尾房への対応は冷遇そのものだ。尾房が奉玉を取り戻さない限り、それは永遠に続くのだろう。

「つむぎ、私はお前と再び会うために、奉玉をお前に託したんだ。転生したお前にそれを返してもらうために、それを渡したわけではない」

静かな声は、遠い昔、悪戯をしたはづきを諭していたものと変わらず、優しく、深い。

「お前と再びこうして会うために、私はこれまでの時を過ごしてきた。謹慎もご奉公も、何ほどのことはない。今日までの五百年、お前と会えることだけを楽しみにして過ごしてきたんだよ」

狐目の瞳を、ほっそりと和ませて、尾房が微笑む。

「それに、これからのことは何も心配しなくてもいい。五百年の間、私が何もせずに、漫然と過ごしていたと思うのか」

すぐ目の前にある切れ長の目が眇められ、悪戯な光を湛《たた》えていた。

「でも、あの子狐たちの言ってたことは？」

つむぎの不安の声に、尾房は「ああ」と言って、にっこりと微笑んだ。

「ちょっとした誤解だ」

「ちょっとなの……？」

「はづきを退治したという話が、いつの間にか私がお前の尾を切ったということになってしまってな……。二百年の謹慎の間に、いろいろと間違った噂が定着してしまっていたんだよ。訂正しようにも、私は表に出られなかったからね」

尾房を謹慎処分にした大神使は、尾房のしたことに憤ると同時に、とても落胆した。尾房を見込み、可愛がってくれていたのは本当で、だからこそ自らの手で罰を下さなければならないことに、苦しみ、落ち込んだ。

「大神使も、あえてその辺りは詳しく言わなかったんだ。本人がとにかく気落ちをしてしまったからね」

あの猫又さえいなければと嘆いている姿を、御房稲荷に関わる者たちは皆見ているから、尾房が奉玉を奪われ身分を落としたという話が、大悪党の猫又はづきを退治した武勇伝と合わせ、尾房のいない二百年の間にすっかり定着してしまっていたのだ。

「如月と弥生は特に私に懐いていて、凄く慕ってくれているんだが、その分妄信的でね。私が神格を持たないのも、ずっと見習いの身分でいることも、とても残念がってくれて、私が好きでそうしているんだよといくら説明をしても、承知してくれないんだ」

モッフリを求めて尾房を訪ねてきた時の、つむぎが盗み聞きをした三人の会話の様子を思い出す。確かに尾房は懸命に二人に説明をしようとし、だけど二人は弾丸のように交互に喋っていて、最後には『モッフリを！』とそればかりになっていた。

つむぎの目の前に突然現れた時も、つむぎの質問には何も答えず、突然怒り狂い、つむぎを無視して相談し、来た時と同じように突然去っていった。

「二百年の間に定着してしまった噂を、三百年かけて払拭したんだが、あの二匹だけが頑固でな。まあ、辛抱強く説得していくよ」

苦笑いを浮かべ、あの子狐たちのことを語る尾房を見れば、そうなのかとつむぎも納得する。尾房を慕い、尊敬しているのはつむぎの目から見ても明らかで、だからこそ尾房の今の立場が歯痒《はがゆ》く、そんな目に遭わせたという猫又の存在に恨みを募らせたのだろうと思う。

「私の禊《みそぎ》は終わっている。そしてお前も」

真っ直《す》ぐにつむぎを見つめ、尾房が言った。

尾を切られ、この世から消え、再び戻ってきたつむぎは、人に拾われ、そこで可愛がられた。それは、つむぎの前世での罪を償いきったという証拠なのだと、だからつむぎは、堂々とこの世に存在していいのだと。

「私の奉玉を持っているのはつむぎだ。私はお前がいないと、神格も得られず、身分もないままだ。お前がいないと、私は神使になれないんだよ」

尾房がつむぎの手を取った。固く握りしめたそれを、つむぎの胸に持っていく。

「お前が側にいることで、私は神使としての資格を取り戻せる。だからつむぎは、私の側にいなければいけない。お前と私は、一緒のものなのだから」

尾房ははづきなしでは神使には戻らないと、三百年をかけて周りを説得した。前代未聞の尾房の申し出は、最初は当然受け入れられず、物議を醸したが、尾房は辛抱強く説得をし続けた。

誤解を解いて回り、無茶な要請を続けながら、尾房は誰よりも精進した。その仕事振り、信頼の厚さは見習いの身分を越えていて、今や待遇は別格なのだという。

「だからお前は、私の側にいなければならない。そうでないと、御房稲荷神社が窮地に陥ることになる」

人の悪い笑みを浮かべながら尾房が言う。五百年間、尾房は大変な努力を積んできた。それはすべて、つむぎと共に過ごすため、つむぎを手に入れるためだ。

「すぐにでも迎えにいきたかったが、探すのに手間取った。お前が必ず戻ってくるのは確信していたが、それがいつ、どのような形で訪れるのか、分からなかったからな」

つむぎが現代に転生し猫又になった時、奉玉の元の持ち主である尾房は、それをすぐに察知した。だが、記憶のないつむぎの奉玉は外へ向けての力が薄く、居場所を特定するのに時間がかかったのだ。その上、実際にこの世に現れるまでは何も分からない状態だったから、そこから迎えの準備をしなければならなかった。それによって、対処が変わるからと。

「私と同じ狐なのか、あるいは人なのか。また、想像もつかないものかもしれない。お前がどんな姿で現れるのか、楽しみだったよ」

何者でも構わない。尾房はただひたすらに、はづきの魂が転生されるのを、待ち続けていたのだ。

「だが、お前は再び猫で生まれてきた。これは……とても嬉しい出来事だった」

狐目を窄め、尾房が笑う。目尻に優しい皺《しわ》が寄っていた。

「お前は私の言いつけを守り、ちゃんとそれを大事に持っていてくれた。……待っていてくれてありがとう。迎えにくるのが遅くなってしまって、悪かった」

礼と詫《わ》びを言われ、つむぎは嬉しさと申し訳なさでどうしていいか分からなくなり、下を向いた。

「……でもおれ、全部忘れてた」

つむぎが今ここにいられるのが、この奉玉のお蔭なのも、そうなってしまったのは、自分の長年に亙る悪行のせいなのもすべて忘れ、せっかく迎えにきてくれた尾房を追い出そうとまでしたのだ。

「さっきも、転生しなきゃお前と会わないで済んだとか……酷いこと言った」

その言葉を口にした時の、尾房の凍ったような表情を思い出す。

「ごめん……」

忘れていたとはいえ、残酷な言葉だった。再会をずっと待ち望んでいた尾房はきっと、酷く傷ついたに違いない。

俯いて謝るつむぎに、尾房は静かな声で「いいんだよ」と、慰める。

「でも……っ」

「お前は一番大事なことを、ちゃんと覚えていてくれた。私は嬉しいよ」

大事に守るのだと頑なに誓い、つむぎはここに居続けた。守る対象が途中ですり替わってしまってはいたが、それでも無意識に約束を守ろうとしていたのだ。

「本当だよ、つむぎ。お前は私の奉玉をずっと、……記憶がなくてもずっと、守ってくれていたじゃないか」

つむぎの一途《いちず》な想いを、尾房はちゃんと分かっていた。消え、そして甦り、猫として生き、猫又として過ごす、その途方もない長い年月の間、つむぎは一番大切なものを、ずっと手放さずに守り続けた。

「ようやくだ。……この時を待ち焦がれていた。つむぎ……」

尾房の顔が近づき、鼻と鼻がくっつく。高い鼻がスリスリとつむぎの鼻先を擦り、くすぐったさに顔を顰《しか》め、にゃ、と抗議の声を上げる。

尾房の顔が崩れる。笑いながら泣きそうな、変な顔だ。そんな顔をしたまま尾房が顔を倒してくる。唇が重なった。

「あ、……ふ」

柔らかい感触に、思わず息が漏れる。目の前にある目が細まった。そろりと舌が入ってくる。

「ぁ、……ん、ん……ぅ」

軽く吸われて、舌先で口内を撫でられる。大きな手がつむぎの頭を包んだ。さらに顔を倒した尾房の舌が、深く侵入してきた。

クチュクチュと水音が鳴り、尾房がつむぎの舌を吸い取り、舐める。軽く啄《ついば》むように噛み、唇で撫で、また深く合わさる。

つむぎを味わっている尾房の唇はずっと笑んだままで、嬉しそうに、楽しそうにつむぎを見ている。

「……五百年振りの続きだな」

向かい合って口づけを交わしながら、尾房が言った。

消える直前まで、二人はこうして抱き合い、口づけをしていた。五百年の年月を越えて、今再び尾房はつむぎを胸に抱いている。

「うん。覚えてる。あの時と同じだ」

尾房の腕の中は気持ちよくて、あの時再会を約束しながら、だけど離れがたくてつむぎは泣いた。潰れるような胸の痛みを思い出すが、それは一瞬で、すぐにもまた会えたという喜びの疼きに上書きされる。

遠い過去と現在との出来事がぐちゃぐちゃに混ざり合い、記憶を取り戻したばかりのつむぎには、まだどれがいつの頃の記憶だったのか、よく分からない。だけどどの出来事も楽しく、幸せな気持ちで満たされていたのだけは憶《おぼ》えている。

「いっぱい……」

「ん？　なんだ？」

唇を合わせながら声を出すつむぎに、尾房が甘い顔をして覗いてくる。

「いっぱい、約束したよな。いろんなところへ連れてってやるって」

「ああ、そうだ」

水浴び、紅葉狩り、雪の湖。弁当を持って、山へ登ろうと約束した。

「これから一つずつ、約束を果たしていこう」

つむぎがはづきだった頃、尾房と過ごした時はほんのわずかだ。桜の花の時期に初めて会話を交わし、夏が終わる前に、はづきは消えた。二人でいられたのは、たったそれだけの時間だったのだ。

それから五百年もの間、そんな刹那を大切に胸にしたまま、尾房はずっと待ち続けていた。つむぎがいない間も、前世のことをすっかり忘れて過ごしていた間も、変わらずはづきを、……つむぎを想い、再会を待ち続けていたのだ。

それがどれほど苦しく、孤独なものだったのか、つむぎには想像もつかない。だけど尾房は、何ほどもないことだと、あっさりと笑い飛ばし、今が嬉しいと、つむぎを胸に抱いている。

何度も唇を重ね合いながら、尾房がつむぎを押し倒してきた。つむぎ、と名を呼ぶ声が甘く、見つめる瞳が妖《あや》しい光を湛えている。

「……獣になろうか？　お前は私の毛皮がお気に入りだろう？」

口端を上げ、尾房が楽しげに聞く。

もちろん、尾房のあの極上の毛皮は大好きだ。だけど今は人の姿の尾房と抱き合いたい。

「このままがいい。だって、獣のままだときよの顔が見られないから」

つむぎの声に、尾房が笑う。

「分かった。お前の望む通りにしよう」

大きな身体が沈んでくる。首筋を舐められ、甘嚙みされ、次には強く吸われた。

「……あ」

わずかな痛みがつむぎの劣情を煽る。尾房もつむぎのそんな反応に興奮が高まるらしく、強く首を嚙んでくる。頰を撫でている掌が熱い。

シャツを脱がされ、素肌を舐められた。落ちてきた尾房の髪の毛が肌に触れ、その些細《ささい》な刺激にさえ感じてしまう。胸の粒に吸いつかれると、喉がうずうずして、変な声が出る。

「……ぁ、みゃ、……ぁん」

人間の姿をしているのに、声が猫になってしまう。だけど人間がこういう時にどんな声を出すのか知らないし、注意してても勝手に出てしまうのだから仕方がない。

　口を閉じようと思ったら、またそこをギュ、と吸ってくるから口が開く。尾房はもっと鳴けとでもいうように、強く吸ったり、舌先で突いたかと思うと、ねっとりと舐めてきたりするから声が止まらない。

「ぁあーん、……は、ぁん、んゃ、にゃ……ぁぁ」

　片方を唇で、もう片方を指先で、執拗《しつよう》に弄《いじ》られた。紛らわそうと首を振りながら、だけどどうしてか背中が浮いて、尾房の指と唇に、自分から押しつけてしまうから困ってしまう。

「……貪欲《どんよく》なお前らしいな。いいよ。欲しいだけしてやる。どうしてほしい？　舐めてほしいか、吸ってほしいか」

「そんなの……、ぁ、どっちも……ゃ」

「そうか、どっちもしてほしいか。我儘なやつだ」

「ちが……ゃう、ぁん、っ、ふ……ぅ、あ」

　ヂゥ……と吸われた後にペロペロと舐められた。

「やぁぁぁん、ぁあ、ん」

「……いい声だ」

　嬉しそうな声が肌を撫でてくるようで、その声にさえ感じ、高く甘い声が上がる。

「も、……駄目、舐めたら……あ」

「舌よりも指がいいのか？」

激しく首を左右に振って耐える。腰がズクズクして尻尾が出そうだ。

「出……ちゃ、ぅ、から……ぁ」

必死に耐えているつむぎの様子に、尾房が笑って「なんだ。我慢をしていたのか」と言って、つむぎの腰を摑むと、突然グイと持ち上げた。

「っ、ひゃぅ、……何すんの……っ」

うつ伏せにさせられたかと思うと、穿いているズボンをずり下げられる。

「やだっ、やだ！」

尻を半分剝き出しにされ、慌てて逃げようとしたら、尾房の手がつむぎの尾てい骨の辺りをぽんぽんぽんと叩いてくるのだからたまらない。

「だめぇ……っ、そこ、叩いたら……出ちゃうから、しっぽ」

首を振りながら一生懸命訴えるのに、尾房が聞いてくれない。そこを叩かれると、意思に反して腰が高く上がってしまう。

「ああ、ぁあ……ん、出ちゃ、ぅ、出ちゃうぅ」

叩かれるたびに突き出すように尻が上がり、ムズムズが大きくなる。もう我慢できない。

はぁ……っ、と溜息とともに、ポンッ、と尻尾が飛び出した。ハート形の短い尻尾がフルフルと揺れている。

「ああ……っ、もう、やだ……て、言った、のにぃ」

「なぜだ？　我慢なんかしなくていいだろうに」

猫又だと知っているのだから何を隠す必要があるのだと、尾房が不思議そうな声を出し、飛び出した尻尾の付け根を再び叩く。やだやだと叫んでいるのに、尾房の手に合わせて腰が揺れ、ますます高く上がってしまった。

「可愛いよ。つむぎの尻尾。ほら、フルフルと揺れて、花が咲いているみたいだ」

「そんなことない、こんなの、嫌だ。見ちゃ駄目……っ、こんな……短い尻尾」

尾房は長くて白い、はづきの尻尾を美しいと褒めてくれた。お前の毛皮は極上だと、うっとりとした声で、はづきの身体を撫でてくれたのだ。

今のつむぎはそのどちらも持っていない。身体の模様は白黒のはちわれで、尻尾だって途中で千切れ、……こんなにみっともない。

「つむぎ……私はこの尻尾がとても愛しいよ」

うつ伏せになっているつむぎの耳元に唇を寄せ、尾房が囁くような声で言った。

「お前のこれは、私に会うために懸命にここまで育った。長い尾を持つ猫しか妖になれないのは知っているね。だけどお前はこうして猫又になった。それがどういうことか、分からないのか？」

すべては尾房に再会するため、約束を守るために、つむぎは妖の常識を破り、摂理を超え、こうしてここにいる。

「そんな思いまでして、私に会うために努力をしてくれた。その証《あかし》のこの尾を、私がどうして笑うと思うのか。嬉しくて嬉しくて、泣いてしまいそうなほどなのに」

扇型に割れた短い尻尾を、尾房が撫でた。「こんなに愛しい形はない」と、心底嬉しそうな声で、つむぎの尻尾を褒めてくれる。

「それに言っただろう。どんな姿になろうとも、私はお前を見つけ、再び会いにいくと。猫の姿でなくても、たとえば蛙でも、ゲンゴロウでも、私は変わらずお前を愛したよ」

「ゲンゴロウ……？　本当に？」

「そうだ」

きっぱりとした声で尾房が肯定した。姿形など、関係ないのだと。

「機嫌は直ったか？」

笑いを含んだ声がして、今撫でていたつむぎの尻尾に、今度は唇を寄せてくる。

「だから隠そうなんて思わないで、その可愛らしい尻尾で、私を誘ってくれ」

「誘えとか言われても……っ、やぁん」

はむ、とつむぎの尾を唇で挟んだかと思ったら、それを滑らせてきた。ズボンをずらして剝き出しになっている尻の窄まりに舌を這《は》わせる。

「そんなとこ……舐めないで、……ぅ、ぁあ」

チュルリと舌先が入り込み、ぬくぬくと抜き差しされる。逃れようと腰を引いたら、尻尾を摑まれて、さわさわと撫でられて動きが止まってしまう。逃げようとすると、尾房は先回りしてつむぎの気持ちのいいことをしてくるのだ。

「は、ぁ……、ぁあ、ん」

甘く高い声が口から飛び出し、気づけば尾房の前に尻を突き出し、愛撫《あいぶ》を受けていた。尻尾を撫で、舌で蕾《つぼみ》を舐め回し、一緒に指まで入ってきて、抜き差ししている。

逃げることも抵抗も忘れ、尾房にいいように舐《ねぶ》られる。高く上がってしまった腰は下ろすこともできず、代わりに上半身がぺったりと床についていた。

「……ああ、なんて恰好だ。いやらしい」

つむぎをそんな恰好にしているのは尾房なのに、そんなことを言う。

やがて舌と指が出ていき、尾房がかぶさってくる。熱いものがそこに触れ、そのままグイ、と押し入ってきた。

「ああ――っ」

いきなり太いものに貫かれた衝撃に大きな声が上がった。

「……すまない、つむぎ。せっかく人の姿を取ったのに」

顔を見て抱き合いたいからと人の姿になったのに、繋がるのは獣スタイルだ。つむぎはズボンを脱いでもおらず、尻を半分剝き出しにしたまま、尾房に貫かれているのだった。

「お前があまりに煽情的《せんじょうてき》に誘うから、我慢が利かなくなってしまったじゃないか」

つむぎのせいにしながら、尾房がつむぎの中を占領していった。

「ああ……」

尾房の声が背中から聞こえる。ゆっくりと抽挿を始め、そのたびにつむぎの身体がゆらゆらと揺れる。

腕を持たれ、身体を持ち上げられた。お互いに膝立ちの恰好で、尾房の胸に背中を預ける。後ろを繫げたまま、尾房がつむぎの顔を覗いてきた。

「これなら顔が見える」

顎を持たれ、口づけをもらった。

「ん……ぅ、ふ」

くちゅと、水音が立ち、溜息が漏れる。口の中を舌でかき混ぜられて、後ろも同じようにぐちゃぐちゃにかき混ぜられる。

「ぁ――ん、ふぅ、ぁ……ああ」

甘い声と一緒に、喉もゴロゴロと鳴り出し、そんなつむぎを見て、尾房が目を細め、口の中をさらにかき混ぜてきた。

掌で胸を撫で、もう片方がつむぎの性器を緩く握る。どこもかしこも気持ちよくて、声もゴロゴロも止まらない。

「きよ、……ぁ、きよぉ……」

尾房の狐火に包まれた時のようにふわふわとする。実際そうなっているのかもしれなかったが、もう分からなくなっていた。

「んんんぅ、きよ、……ぁあ、きよ、あぁん、ぁん、ん」

つむぎの声に呼応するように、尾房の動きが強くなっていく。擦れて気持ちがいいのは、口の中なのか、それとも後ろのほうなのか、……たぶん両方だ。

目の前が白くなっていく。すごく……気持ちがいい。

「あ、ああ、……ああ、きよ、きよ、ぉ……、あ――っ」

大波が襲った。攫《さら》われ、流されていく。

目を見開き、だけど光が眩しくて何も見えない。尾房がつむぎの舌を吸った。焼けるような熱さだと思った。

波が静かに引いていく。五感が戻ってくると、後ろから尾房の息遣いが聞こえてきた。身体はまだ揺れている。

「つむぎ、……つむぎ」

つむぎを呼びながら、尾房がぎゅっと抱きしめてくる。苦しそうで、だけど気持ちよさそうな声と溜息が聞こえた。

「……は、は、っ、……く」

ズン、と強く押しつけられ、尾房の動きが止まる。トクトクと尾房の鼓動が背中に響いてきて、お腹がほんわりと温かくなる。

尾房の腕はつむぎをきつく抱きしめたままで、しばらく二人でじっとしていた。

溜息が聞こえ、抱きついていた尾房の顔がそっと動いた。うなじを噛まれ、唾液《だえき》とは違う何かが落ちてきて、つむぎの背中が濡れていく。

「……もう二度と、離さない」

つむぎのうなじを噛んだまま、尾房が小さく呟いた。

「うん。もう絶対に離れない」

「そうだな。絶対だな」

「うん」

二度と消えない。ずっと離れない。絶対に。

新しい約束はこれからずっと、五百年経っても、千年経っても、破られることは、きっとない。

誘われ狐と猫の言いぶん

神社を出て、参道も外れ、裏の山道へと尾房清綱《おふさきよつな》は入っていった。

緩い上り坂にはあちこちに朱色の鳥居や小さな社がある。尾房の仕えるここ、御房稲荷《おふさいなり》神社は、祭神を祀《まつ》る本宮の他に、稲荷神に縁の深い神を祀る摂社やその他の末社、氏子の先祖神を祀る社もあり、神社としてはけっこうな大所帯なのだ。

森に囲まれた細道は、お年寄りや年少の者でも容易に参拝できるようにと道が作られ、尾房たち神使《しんし》が毎日清めて回っている。

尾房が稲荷神の眷属《けんぞく》としてこの神社に使えるようになって七百年余り。神社の様相も世の中も、激しく変化した。途中二百年の空白期間はあるものの、それを抜きにしても、以前とは比べものにならないほどの変貌《へんぼう》ぶりだ。

変化は形ばかりではなく、人間との関《かか》わり方もだいぶ変わってしまった。以前は稲荷神の眷属として里と共存していたものが、それも叶《かな》わなくなった。尾房たちは今、神使という身分を隠し、神薙《かんなぎ》や神子《みこ》という人の身となり、神社で過ごさなければならない。

時代は変わりゆく。凄《すさ》まじい勢いで流れていく時の中、それでも未来永劫《みらいえいごう》変わらないものも、確かに存在する。

「……つむぎ。どうした、そんなところで。隠れても私には通用しないよ」

どこに隠れようと、尾房の奉玉を身の内に持つ愛《いと》しい恋人の居場所は、すぐに分かってしまうのだ。

人の足が向かない藪《やぶ》の中に、白黒の斑《まだら》模様がちんまりと蹲《うずくま》っていた。狭い場所を選んでここまで来たらしく、身体《からだ》にオナモミをたくさんくっつけている。尾房が声をかけると、扇形に広がった尾がピクンと揺れ、そのままさらに藪の奥へと入っていこうとした。

藪の前にしゃがみこみ、尾房は優しい声で「おいで」と手を差し伸べる。枝の陰から金色の目を覗《のぞ》かせ、なーぉ、と気弱げな声を出し、つむぎが出てこようとしない。

「お前の機嫌を損ねることを私はしたか？　謝るから、出てきておくれ」

辛抱強く出てくるのを待っていると、藪の中で蹲ったまま、「違う。きよのせいじゃない」とつむぎが言った。

「それならどうして、そんなところへ隠れている？」

白い地に黒のはちわれ模様の顔が下を向く。普段はピンと尖《とが》った耳も、ぺったりと畳まれていた。

尾房がつむぎを連れ、古巣の御房稲荷神社に帰ってきてからおよそ二ヶ月が経つ。長い間住んでいたつむぎの家を引き払い、思い出の品とともにここへやってきた。飼い主だった夫婦の墓も、神社のある麓《ふもと》の街へ無事に移動させた。いつでも墓参りができるようにと、尾房が取り計らったのだ。

明け渡すまいと、長年頑張っていたあの家は、開発のためにあと数ヶ月のうちには取り壊される。本当ならそのギリギリまで住まわせてやりたかったが、神社から帰還せよという矢の催促があり、やむなくつむぎを連れ、戻ってきたのだ。

長い期間つむぎを待たせた上、思い出の家も尾房の都合で早々に出る羽目になってしまったことを、尾房は大いに負い目を感じ、すまないと思っている。そんなつむぎが神社を抜け出し、こんなふうに藪の中に逃げ込んでいるのを見れば、ここに来たことをやはり悔いているのかと、心配してしまう。

「私は屋敷のほうへ戻らないといけないが、つむぎはどうする？　しばらくここにいるかい？」

神社の裏山の一角には、結界を張った神使たちの居住エリアがあり、尾房とつむぎの住まいもそこにあった。他とは少し離れた独立した屋敷は、尾房が根回をして得た権利だ。

つむぎを連れてくることにより、見習いの身分だった尾房は、五百年振りに神格を得た。昇格は順を追うしかないが、破格の速さで出世することは約束されている。すべてはつむぎのためであり、謹慎が解けた後、三百年をかけた尾房の努力の賜物だった。

尾房の神使としての復活を祝い、古くから付き合いのあった神社はもとより、そうでない他の神社からも、祝いが寄せられていた。

「だって、今日……あいつが来るんだろう？」

今日はその中でも特に縁の深い、旧友とも呼べる神使がやってくる。過去、はづきのための討伐隊を結成した時、幾度となく共に行動した猪《いのしし》の神使だ。

「牙猛《がもう》のことか」

過去のことがあり、どうやらつむぎは彼に会いたくないらしく、こうして藪の中に隠れているらしい。

「牙猛は言祝《ことほ》ぎに来てくれるんだ。もうお前を捕らえようとはしないよ」

「……知ってる。けど、会いたくない」

耳を寝せたまま、つむぎが頑《かたく》なに再会を拒絶し、出てこようとしないのだ。

「お前がそう言うなら仕方ない。私のほうからいいように言っておくから。そんなところに隠れていないで、境内に行こう。如月《きさらぎ》と弥生《やよい》と遊んでいたらいいよ」

まだ新しい環境に慣れていないこともあるし、嫌だというものを無理強いしたくもない。猪はかつての天敵と再び顔を合わせることを楽しみにやってくるようだが、仕方があるまいと、尾房も諦《あきら》めた。

「だって、おれのこと、……あの猪は知ってるから」

「ああ。そりゃあ忘れないだろうよ。だが、遺恨なんか持っていない。本当だよ、つむぎ。それを心配しているのか？」

「違う。……今のおれ、前と全然違うだろ？　前のおれを知ってるやつ、みんな、え？

って顔するから。あの猪だってきっと、おれ見たら、同じ顔をする」

オナモミをくっつけたはちわれの頭が項垂《うなだ》れる。

「……ああ。つむぎ。そんなことを気にしていたのか」

「だって……っ」

神使や妖《あやかし》には寿命がない。はづきでいた頃のつむぎを憶《おぼ》えている者の反応に、つむぎは傷ついていたのだと、尾房は気づいた。

「些細《ささい》なことだと、私が言うべき言葉ではないな。お前をここへ連れてきたことで、お前を苦しませてしまっている。すまない、つむぎ。だが、私はどうしてもお前を手に入れ、一緒に過ごしたかったのだ」

つむぎがどんな姿で現れようと、尾房には関係がなかった。再びこの世に生まれ、尾房の手元に還《かえ》ってきてくれたことだけが嬉《うれ》しく満足だったが、つむぎには新たな試練が生じてしまったようだ。

つむぎの前世を知る者は、現世の姿を見れば、やはりその変貌に反応する。それは決して悪意を以《もっ》て貶《おとし》めているのではないと尾房には理解できても、つむぎ自身が傷ついている事実は変わらない。

「つむぎ。皆、悪いこととしてお前の姿を捉《とら》えているのではないんだ。これだけは本当だよ。だけど、そうだな。辛《つら》いだろうな。……ごめんよ、つむぎ」

つむぎの傷心に寄り添い、少しでも心が晴れるようにと気遣いながら、詫《わ》び続けるしかない尾房だ。

つむぎと一緒に落ち込んでいると、藪からつむぎが出てきた。

「きよが落ち込むことないだろ？」

「お前が傷ついていたら、私だって悲しい。私はお前と一つのものなのだから」

つむぎが小さな頭をスリスリと尾房の手に寄せてきた。慰めるつもりが、自分のほうが慰められてしまっていることに尾房は苦笑した。

耳の後ろについていたオナモミを取ってやる。気持ちよさそうにして、耳の後ろを触らせてくれるつむぎに、少しは気が晴れてくれたかと顔を覗くと、尾房を見上げた金の目がキュ、と細くなった。

「白猫のはづきも、今のつむぎも、私にとってはどちらも美しく、とても可愛《かわい》いよ」

ゴロゴロと機嫌よく喉《のど》を鳴らすつむぎに、精一杯の賛辞を贈る。

「この可愛らしい尻尾《しっぽ》が特にお気に入りだ。なんて愛らしい形なんだろうな」

褒めちぎりながら扇形の尾の先を優しく包み、掌《てのひら》で撫《な》で擦《さす》る。

「お前のこれを見ると、たまらなくなる。……ここも可愛いな」

尻尾の付け根にあるコロコロとした膨らみを指先で撫でたら、「やめろよぉ」と、つむぎが文句を言いながら尻《しり》を上げ、ピンと立てた尾を振り立てるのが可愛らしい。

「ハート形の下にあるサクランボ。食べてしまいたい」

「触んなってば……っ！」

うにゃうにゃと抗議の声を上げ、だけど尻は上がったままだ。

「……なんだか客人の来訪を待つのが、私も嫌になってきた。今すぐ屋敷にお前を連れ込み、しっぽりとまぐわいたい」

「馬鹿。他所《よそ》から神使が訪ねてくるから、今日のお勤めを免除してもらったんだろ？　ちゃんと接待しろよな！」

「ああ。分かっているよ。だが、猪と旧交を温めるより、お前を可愛がっているほうがよほど楽しいじゃないか」

「だからそこ触るなって……。にゃ……、こらぁ」

「そんなに腰を振り立てて、誘っているとしか思えない」

「違う、にゃ、ぁう……」

「一緒に住めば、もっと二人の時間を得られると思っていたのに、なかなか叶わないのが残念でならない。なあ、お前もそう思うだろう？」

「そ、れはぁ、きよにお勤めの仕事……っ、ふ、ぅうう、駄目、そこ駄目……っ」

「ん？　ここか？」

「そこ、そこ……、っ」

恋人と不埒《ふらち》な戯れを楽しんでいると、山道の向こうから「きよ様ぁ～」という呼び声が、二重になって近づいてきた。

「きよ様、また人目もはばからずにイチャイチャなどなさって。牙猛様がご到着されました」

「そうです。お急ぎくださいませ。こんなところで乳繰り合っている場合ではございません」

おかっぱ髪の二人組に急《せ》き立てられて、尾房はようやく重い腰を上げた。

「仕方がない。それでは久方振りの友人を歓待しに行くか。如月、弥生、お前たちはここでつむぎと一緒に遊んでおいで」

つむぎに対し長い間、頑固な偏見を持ち続けていた二人だが、尾房につむぎの世話役を頼まれ一緒に過ごすうちに、すっかり打ち解けた。天真爛漫《てんしんらんまん》なつむぎとは気が合うらしく、世話役というより一緒に遊びたくて、しょっちゅう尾房の屋敷に顔を出す。今では尾房に対する敬愛よりもつむぎにご執心で、嫉妬《しっと》を覚えるほどの仲の良さだ。

だからつむぎの相手をしてくれという尾房の頼みはやぶさかではないはずなのに、二人は少々困惑顔をして、尾房を見上げる。

「牙猛様が、つむぎ様にお会いするのをたいそう楽しみにしておられますが……」

稲荷神の秘蔵っ子を骨抜きにした猫と、久方振りに会えることを心待ちにしている様子だと、子狐《こぎつね》が伝えた。

「御酒《ごしゅ》も自ら運ばれて、宴会の準備をされておいでです」

「そうか。彼にとっても五百年振りの旧知との再会だからな。しかし、仕方あるまい。つむぎはまだここの生活にも慣れていないからね。宴会はまた別の機会に設けよう」

時間はいくらでもあるのだから、今はつむぎの心の有り様のほうが大事だと、尾房は自分一人で行くことにする。

「きよ。……おれも行く。牙猛に会うよ」

神社に戻ろうとした尾房を追いかけ、つむぎが言った。

「無理をすることはない。本当に機会はいくらでもあるから」

「でも、猪はおれの顔を見たくてやってきたんだろ？　わざわざ酒まで用意してさ」

尾房を先導するように前に立ち、つむぎが「行こう」と言った。自分の気後れよりも、相手の楽しみにしている心を慮《おもんぱか》るつむぎの優しさに、尾房は微笑《ほほえ》み、「そうか。なら行こうか」と言った。

「待たせてしまっているからな、急ぐか。つむぎ、私の背に乗って」

その場で銀狐に変化すると、如月と弥生が「あっ！　つむぎ様ばかりずるうございます」と叫び、自分たちもすぐさま子狐に変化した。ぼふ、ぼふ、ぼふ、と三匹がいっぺんに飛んでくる。

「ああ！　この毛並みがたまらない」

「首まで埋まるほどのフッサフサ」

「お前ら病みつきだな！　おれもだが！」

二匹の子狐と一匹の猫又が、尾房の背中で固まって、もふもふと埋まった。


尾房の屋敷に戻り、猪の牙猛とつむぎは、実に五百年振りに再会した。

人の姿になり、座敷に入ってきたつむぎを見ると、牙猛はカッと目を見開き、それから「うーん」と唸《うな》りながら腕組みをした。

牙猛も尾房と同じ神使だが、その形貌は荒々しい。分厚い一枚岩のような硬い身体に太い首、組んでいる腕には血管が浮き、砂利石ぐらいなら片手で粉々に砕けそうだ。太い上り眉《まゆ》の下にある目は鋭く、気性の荒さが見て取れる。

ビクビクしているつむぎを前に、牙猛は「まあ、飲め」と、持参した酒を勧め、まずは己の盃をグイと一気に呷《あお》る。豪快な溜息《ためいき》をついた牙猛が、つむぎを見てニヤリと笑った。

「そのこまっしゃくれた顔は、転生しても変わらないか。憎らしいのう」

牙猛の楽しそうな悪態に、つむぎが顔を上げた。

「おれ、変わらないか？」

つむぎの問いに、牙猛は「ああ」と頷《うなず》き、「憎たらしい」と言ってつむぎに酒を勧める。

「まったく変わらんな。まあ、飲め。もうお前を追う者は誰《だれ》一人としていないのだ。この尾房が奔走したからな。お前、感謝するのだぞ。つむぎよ」

「きよ、おれ、変わらないって」

嬉しそうにつむぎが尾房に報告し、尾房も笑顔で頷く。牙猛が「こら、無視をするな」と文句を言った。

「無遠慮で好き勝手なのも相変わらずだな。転生しても、昔のままじゃないか。少しは成長を見せてくれるかと思っておったのに」

つむぎにとって、それはとても嬉しい悪態であり、昔の自分と、今の自分をも肯定してくれる言葉だったのだろう。尾房にとってはどちらも愛しい存在で、だが、自分がどれほど言葉を重ねても、つむぎ本人が納得し、乗り越えていくしかないことだ。

注がれた酒をつむぎがチビリと舐《な》め、「美味《うま》い」と言って、牙猛を上機嫌にさせた。「飲め、飲め」と猪が勧め、宴が進んでいく。

「お前は本当に逃げ足が速くてな。きりきり舞いさせられたものだ」

「あの頃、牙猛が凄《すご》い勢いで追いかけてくるのが面白くてさ。よく遊んでもらった」

「まったくな。お前のやらかした悪戯《いたずら》の後始末ばかりをして歩いていたものだ。理不尽なことよ」

はづきだった頃のつむぎの悪さに翻弄《ほんろう》された苦労話を猪が語り、つむぎがそれを混ぜっ返す。かつての天敵同士の関係は、長い年月を超え、お互いの昔を知る飲み仲間へと急激に変化していた。

そんな二人のやり取りを、尾房は笑顔で聞き入った。これほど晴れ晴れとした表情をしながら、尾房や子狐以外の者と会話をするつむぎは、ここに来てから初めてだった。そんなつむぎの様子に、牙猛の訪問を受け入れてよかったと、ホッと胸を撫で下ろす思いだが、それと同時に、たった一言でつむぎの抱える屈託を溶かしてしまった猪に、激しい嫉妬を覚えてしまう尾房でもある。

「さあ、今宵《こよい》は大いに語り明かし、飲もうぞ。他の神使たちもお招きしろ。俺と尾房との武勇伝を皆に聞かせてやる。どれほど我々が苦労したか」

「それって、おれの悪さの暴露だろ。やめろよ」

「なに、固いことを言うな。俺は語りたいのだ。さあ、皆を呼べ！」

気を良くした牙猛が他の者たちを呼び、尾房の屋敷が神使でいっぱいになる。如月と弥生もちゃっかり参加し、神楽など披露し、やんやの大騒ぎとなっていった。

「おお！　これは大神使殿。ささ、こちらへ。貴殿が一番苦労したのであるからな」

宴がたけなわとなり、気づけば大神使もやってきていた。その頃にはつむぎはすっかり酒で気持ちがよくなっており、大神使の前でも萎縮《いしゅく》することなく、盃に酒を注いでいた。

「今宵は清綱の祝いでもあり、つむぎの祝いでもある」

つむぎから盃を受けた大神使が言い、つむぎに返盃をした。尾房の身分はく奪を、誰よりも憂いていた大神使だ。三百年をかけた尾房の説得に、彼もまた三百年をかけ納得し、今日の日を祝ってくれるのだ。

「今宵は無礼講とする。皆、大いに楽しめ」

大神使の言葉が上がると、猪も狐もわっとなる。料理も酒もどんどん運ばれてきて、大神使の赦《ゆる》しを得た大宴会へと発展していった。

遠方から祝いに飛んできた神使との宴会は、それから三日三晩続くこととなる。


宴が終わり、夢のあと。

散々飲み、笑い、踊りまくった猫は、酒瓶を抱いたまま転がっていた。人の姿を取ってはいるが、酒が回っているようで、耳と尻尾が飛び出している。

「つむぎ……。このまま寝てしまうのか？」

皆が去ったあとも、一人で杯を重ねていた尾房は、すぐ横で丸くなっているつむぎの耳元に口を寄せた。

んー、と呻《うめ》きながら、腕の中にある酒瓶をググ……と抱き寄せ、つむぎが丸くなった。

目を瞑《つむ》ったまま、ピンと張った三角の耳だけが、尾房のほうを向く。

「油断しすぎだぞ。いろいろなものが出ているよ。つむぎ」

こちらを向いている耳を軽く嚙《か》み、ずり下がったズボンから出ているハート形の尾を、キュッと握ってやると、抗議をするように、にゃ、とひと鳴きし、ますます丸くなっていった。

無防備な姿が可愛らしく、心配でもある。

宴会の最中、つむぎは酒で楽しくなってしまったのか、笑ったり、歌ったりと、随分と羽目を外していた。もっとも、無礼講となり、一番羽目を外していたのは大神使と客人の牙猛で、彼らのはしゃぎぶりに皆圧倒され、あれに比べれば他の誰もまったくの素面《しらふ》に見えるほどだったから、大したこともない。

しかし牙猛も大神使も、あれほどつむぎの前世では、酷《ひど》いことを言っていたのに、と思わなくもない。

悪戯好きの猫又は、元来素直な性質で、言い聞かせれば分かるのだと、尾房があれほど訴えていたのに、あの頃はまったく話を聞いてくれなかったものが、昨日は一緒に酒を飲み、肩を組んで笑っていた。自分の努力が実り、喜ばしいことではあるが、それにしても豹変《ひょうへん》しすぎだろうと思うのだ。

「つむぎ、お前も悪いのだぞ……？」

愛くるしい金の目としなやかな肢体は、前世、現世にかかわらず、誰もが魅了されずにはいられない。そんな可愛い顔で、グルグルと喉を鳴らしたりなどすれば、どんな猛者《もさ》でも心臓を撃ち抜かれるというのに、この魔性の猫又は、まったくそれが分かっていない。

牙猛にしても、大神使にしても、つむぎを見つめる目尻は下がりきり、不便はないか、必要なものはないかと、すっかり孫を愛《め》でる爺《じじい》のようになっていて、猪に至っては、このまま自分のいる神社まで連れていき、あちらでも宴会を開こうなどとしつこく誘ってきたのだ。

「ここは、きちんと釘《くぎ》を刺しておくべきだな」

気持ちよさそうに寝ているつむぎの、飛び出した尻尾を掌で包み、柔らかく握る。

「起きろ、つむぎ。ほら、そんな無防備な恰好《かっこう》をして寝ていたら、悪い人に悪戯されてしまうよ？」

「っ、ゃ、……ぁん」

尻尾の下にある柔らかいふくらみをやわやわと揉《も》んでやると、夢見心地の声を上げ、ズボンをずり下げたままの腰が徐々に上がっていき、尾房を誘ってきた。

「無意識でこんなふうになるのだから油断できない……」

フルフルと揺れる尻尾の動きを目で追い、その下でやはり揺れている双球を口に含む。

「ああー、……ぁん」

酒瓶に抱きつくようにしてつむぎが甘い声を上げ、尾房に向かい尻を突き出してきた。口を離さないまま、控えめな窄《すぼ》まりに指を入れ、ゆっくりと沈ませていくと、つむぎが悲鳴のような声を上げ、身体を一瞬硬直させた。

「……まだ起きないのか」

自ら腰を高く掲げ、尾房の舌と指に悪戯をされながら、未《いま》だ目を覚まさない。

「このまま犯してしまうぞ……?」

半分ずり下がったズボンをさらに引き下げ、可愛らしい尻を撫で、尾房はその後ろにピッタリと身体を寄せた。

「いいんだな、つむぎ。目を覚まさないお前がいけないよ」

忠告はした。起こそうという努力もした。だけど起きないつむぎが悪いと結論づけて、尾房は自分の下穿《したば》きを寛《くつろ》げ、目指したそこへ、静々と自身を侵入させていった。

「あ————っ」

尾房に貫かれたつむぎは、顎《あご》を跳ね上げ高い声を上げる。腰を押しつけると、そのたびに声を出し、そのくせ柔らかく尾房を受け入れるのだ。

「お前、そんなに無防備でどうする。私は心配でならないよ」

ぐぷ、……くぷぷ、と奥まで押し入ってから軽く引くと、中の襞《ひだ》が追いかけるようについてきて、おまけにキュウ、と締めつけてくるから、持っていかれそうになる。く、と喉

を詰めてやり過ごし、次には幾分強く中に押し入ってやった。

「……本当に悪い子だ。意識がないのに私をこんな目に遭わせて」

抽挿を繰り返しながら叱《しか》るのだが、下にいるつむぎは甘い溜息で応《こた》えながら、ますます締めつけてくるのだからたまらない。

尾房を咥《くわ》え込んだつむぎが、身悶《みもだ》えしながら逃げるように前へと進もうとするから腰を摑《つか》み、引き寄せた。

「こら、逃げるな」

「や、ぁだ。……出ちゃう、から……ぁ」

寝ぼけているのか、覚醒《かくせい》しているのか、舌足らずな声で、つむぎが首を振りながら「出ちゃう、出ちゃう」と訴える。

「ん？　お前の尾なら最初から飛び出しているが。ほら、フルフルと可愛いハート形で私を誘うから、こうなっているんだよ？」

優しく説明をするが、つむぎは「違う……」と、首を振り「気持ちいいの、出ちゃう」と言うのだ。

「……ああ、達してしまいそうなのか。いいよ」

それでも構わないと、尾房はつむぎの絶頂を促し、さらに抽挿を繰り返した。

繫《つな》がり、揺らし続けているうちに、つむぎはいつの間にか抱いていた酒瓶を手から離し、握った両手を床につき、揺らされていた。衝《つ》かれるたびに可愛らしい声を上げ、尾房の動きに合わせ、身体をくねらせている。

「あ、ぁ、ぁん、……あれ？」

ずっと心許《こころもと》ない声を上げながらも、尾房の動きに合わせていたつむぎが、急に冷静な声を出した。未だ完全な覚醒には至っていないのか、うつ伏せになったままキョロキョロと不思議そうに周りを見渡している。

「みん、な……は？」

「ああ、自分たちの部屋に帰ったよ。牙猛も暇《いとま》を告げた」

「え……、そうなの？　全然知らなかった」

「ああ、途中でお前は眠ってしまったからね。牙猛がよろしくと言っていた。今度は自分の仕える神社に遊びにきてくれと言っていたから、そのうちと答えておいた。まあ、二百年後ぐらいに訪ねればいいだろう」

「そうなんだ……っていうか、きよ……っ！　何してんの？」

ここにきて、ようやく自分の置かれた事態に気づいたらしいつむぎが、焦った声を出し、またずり上がって逃げようとしたから腰を掴んで引き寄せながら、自分の腰を押しつける。

「ちょ……、なんで？　あ、あ」

「お前に少し忠告をしておこうと思ってね」

「何が……、って、や、ぁ……ん、ぅ……ふぁ、ああ」

　クチクチと水音が立ち、衝かれるたびにハートの尻尾がぱふぱふと揺れるのが可愛らしい。

「ああ……、眠っている時もそれはそれで楽しいが、やはり起きてくれていたほうが、お前の反応が見られて楽しいな」

「楽しまないでよ……っ」

「つむぎ、今日は少し油断をしすぎたね。私は心配だった」

「だから何……、話聞くか、……ぁあ、ら、動くの、や……、んんー」

「それはできない。お前がしてくれと誘ったからこうなっている」

「嘘《うそ》……っ、は、は……ぁあ、ん」

「忘れたのか？　私の目の前で尻尾を振り立てて、挿《い》れてくれと言ってきたくせに。……なんだ、寝ぼけていたのか……？」

「え、え？　……ああっ、あっ、あ」

「私はお前の願いなら、なんでも聞くと常々言っているだろう。さあ、してほしいことを言ってごらん？　なんでも聞いてあげるから」

　ハートの尻尾とともに、飛び出している三角の耳を食《は》み、どうしてほしいのかと囁《ささや》いた。

「……顔、見たい」

尾房に促され、状況を理解したつむぎが願望を口にし、尾房は直ちに要望に応えようと、自分の下で喘《あえ》いでいる細い身体を抱き上げた。

「あ……」

「ゆっくり、こっちを向いて。大丈夫。繋がったままできるから」

片足を持ち上げながら、身体を反転させようとするつむぎを助ける。

「そういえば、いつも最初は獣スタイルになってしまうのは、どうしてなんだろうね？」

お互いに人型を取って抱き合っているはずなのに、どうしてか繋がる時には大概背後からだ。なぜなんだろうと尾房が言うと、つむぎが「だって、きよがいつも後ろから入ってくるから」と言って笑った。

「そうなのか？」

「そうだよ。いつも準備の最中に、ごめん、我慢が利かないって言って、いきなり挿れてくるよ？　尻尾触ってる時とかも、興奮したって言って、急に入ってくるし」

「……そうだったのか。私のせいだったのか」

「そうだよ」

何を今更というような顔をして、完全に身体を反転させたつむぎが、尾房の顔を見上げてきた。

「いつも余裕ありそうな素振りしてるけど、きよってこういう時に、余裕なくなるよな」

悪戯っぽい笑みを浮かべ、そんなことを言うつむぎの中を、深く抉《えぐ》りながらいやらしく腰を回してやる。

「っ……、ああっ！」

激しく揺さぶりながら、「お前といる時に、余裕ぶっている暇などあるものか」と、本音を教えてやった。

いつでもどこにいても、この無防備で可愛らしい猫を、自分の腕の中に閉じ込めておきたいのだ。

獣の姿の時でも、人の時でも、常に自分の懐に入れ、誰にも触れさせずに独り占めしていたい。

深く、強く、つむぎの中を占領していく。高くか細い声を上げ、仰《の》け反《ぞ》る喉元に噛みつき、さらに強く揺さぶった。

「ああ、……あ、きよ……も、ぅ、……っ、あ、はぁ、はあ……あああ」

尾房に噛みつかれながら、つむぎが声を上げ、腰を押しつけてきた。

「中が締まってくる。……ほら、私を咥え込んで、離さないって言っているよ」

喘いでいる顔を見下ろし、身体ごと突き上げ、強く穿《うが》った。

「こんなにきつく咥え込んで。……奥まで引きずり込まれる」

小刻みに震えていたつむぎの身体が艶《なま》めかしくうねり出す。尾房を受け入れながら、大きく足を広げ、いやらしく腰を前後させ、駆け上がろうとしていた。

「……もう達してしまうのか？　起きたばかりなのに、もう少しお前の可愛らしい姿を見ていたい」

激しい突き上げから、ゆるりとした抽挿に動きを変えると、つむぎが「……ああ」と、喘ぎながら首を振り、強くしてほしいとねだってくるのが壮絶に可愛らしい。

「きよ……、ぁ、ん……、きよぉ……」

「ああ、たまらないな」

両腕をこちらに伸ばし、縋《すが》るような声で鳴く。潤んだ瞳《ひとみ》で見上げられれば、一瞬生じた意地悪な心がすぐにも溶けてなくなってしまう。

「お前にそんな顔をされたら、なんでも願いを聞いてしまいたくなる。……私はお前に弱いな」

微苦笑を浮かべ、つむぎが望んだ通りに再び強く打ちつける。つむぎの身体が大きくうねり、頂上へと駆け上がっていった。

「あ、ああ、あっ、あっ、っ、……ああ――っ」

一際高く鳴き、つむぎの背中が弓なりに撓《しな》る。強く締めつけられて、尾房もく、と喉を締めた。

白く柔らかいつむぎの腹に、精が飛び散る。尾房が動くたびにグジュグジュと音を立て、お互いの肌が濡《ぬ》れていく。

達したはずのつむぎの後孔は、尾房の雄芯《おすしん》を咥えたまま離そうとせず、複雑な動きで絡まってきて、尾房の息も上がっていった。

「……は、……っ、あ、あ、つむぎ、……っ、く、ぅ……」

最奥まで貫き、そこで動きを止めた。目の前が真っ白に煙り、膨張した熱が一気に噴出する。

「っ、あ、ぁ……」

つむぎの内側が尾房を柔らかく包み込み、その心地好さに深く大きな溜息が漏れた。

先に頂上に到達していたつむぎが、尾房が追いつくのを見届け、じっと見上げている。

身体を沈め、ぷっくりとした桜色の唇に、自分のそれを重ね、舌先で撫でてやった。

「ん……ふ」

可愛らしい溜息が聞こえ、それごと自分の中へと吸い込む。ん、ん、と小さく囀《さえず》る声さえも、すべて自分の中へ取り込みたい。

「きよ……」

口づけの合間につむぎが自分を呼び、どうした？　とその目を覗いた。

「さっき、目が覚めて、いきなりこんなことになってて、驚いたんだけどさ」

「ああ、お前に誘われて、その通りにしただけだが……？」

片方の眉をわずかに上げ、もう一度こうなるに至った経緯を説明するが、つむぎが「本当か？」と疑いの目を向けるので、「私が嘘をついているとでも？」と、言ってやる。

「神使は嘘をつかない。知っているだろう？」

「そうだけどさ。きよ、今、凄く……酔っ払ってるだろ」

笑いながらつむぎが唇を寄せてきて、再び重なる。合わさったまま つむぎがまた笑い、

「だって、滅茶苦茶《めちゃくちゃ》酒臭い」と、尾房の顔を見つめ、言った。

「涼しい顔して飲んでたからさ、強いんだなって感心してたけど、それにしても……」

辺りを見渡せば、尾房が飲み干したと思われる酒瓶がゴロゴロと転がっている。

「ここにある酒を、私がすべて飲んだのか……？」

「そりゃ、全部じゃないとは思うけどさ。おれが見てるうちにも、かなりの量を飲んでたよ？　本当、盃を置く暇がないぐらいに」

「そうだったか……？」

「そうだよ。っていうか、すでに記憶がないんじゃないか」

今回の席は尾房とつむぎを祝うものであり、部屋に訪ねてきた者全員から祝いの言葉をもらいながら酒も注がれ、結局誰よりも杯を重ねていたのは確かだ。

三日三晩宴を繰り返し、酒を飲み続けてタガの外れた狐の神使は、酔った勢いのまま恋人の寝込みを襲っただけなのだった。

あとがき

こんにちは。もしくははじめまして、野原滋です。

このたびは拙作「いじわる狐とハートの猫又」をお手に取ってくださり、ありがとうございました。

待望の猫でございます。動物はなんでも好きなのですが、猫は別格で、また妖怪も大好きで、猫又はずっと書きたかった題材です。

張り切って挑んだのですが、今回はなかなかに厳しい執筆になりました。なぜなら終盤近くまで書いたところで、視点を変えてみようかなどと思いついてしまったために、ほぼ全編を書き直すという暴挙に出て、自分で自分の首を絞めるという……。プロットってなんだっけ？　みたいな有様になり、最後は時間との闘いで、大変消耗しました。それだけに、とても思い入れの強い作品になりました。

そうやって悪戦苦闘したわけですが、書き切った直後の感想は「あれ？　私、民話書いちゃったかも……？」でした（笑）。

攻めの狐はタイトルに「いじわる」とありますが、基本溺愛です。そしてとっても一途な狐になりました。当社比でダントツかもしれません。猫又もはねっ返りで可愛いのが出来上がったと思っています。にゃんにゃん言わせるのが楽しかったです。

イラストを担当してくださった山田シロ先生。素敵なイラストをありがとうございました。尾房のクールな眼差しと、つむぎのふわっふわなイラストに歓喜しました。それから子狐たちの可愛らしいこと！　実際の本を手にするのが楽しみです。

そしていつもながら、担当さまには大変ご迷惑をおかけいたしました。ゲラの直しがいつにも増して滅茶苦茶ですみません……。次はもっと初稿の段階で完璧を目指します！

そして最後までお付き合いくださった読者様には、厚く御礼申し上げます。

切ない場面もありますが、猫と狐の五百年に亘る大恋愛の行く末を、どうか見守ってあげてください。

野原滋

本作品は書き下ろしです。

ラルーナ文庫

この本を読んでのご意見・ご感想・ファンレターなどお待ちしております。〒111-0036 東京都台東区松が谷1-4-6-303 株式会社シーラボ「ラルーナ文庫編集部」気付でお送りください。

いじわる狐《きつね》とハートの猫又《ねこまた》

2018年1月7日 第1刷発行

著　　者｜野原《のはら》 滋《しげる》

装丁・DTP｜萩原 七唱

発 行 人｜曺 仁警

発 行 所｜株式会社 シーラボ
〒111-0036 東京都台東区松が谷1-4-6-303
電話 03-5830-3474／FAX 03-5830-3574
http://lalunabunko.com

発　　売｜株式会社 三交社
〒110-0016 東京都台東区台東4-20-9 大仙柴田ビル2階
電話 03-5826-4424／FAX 03-5826-4425

印刷・製本｜中央精版印刷株式会社

ISBN978-4-87919-007-9